Obras da autora publicadas pela Galera Record:

Avalon High
Avalon High — A coroação: a profecia de Merlin
Cabeça de vento
Sendo Nikki
Na passarela
Como ser popular
Ela foi até o fim
A garota americana
Quase pronta
O garoto da casa ao lado
Garoto encontra garota
A noiva é tamanho 42
Todo garoto tem
Ídolo teen
Pegando fogo!
A rainha da fofoca
A rainha da fofoca em Nova York
A rainha da fofoca: fisgada
Sorte ou azar?
Tamanho 42 não é gorda
Tamanho 44 também não é gorda
Tamanho não importa
Tamanho 42 e pronta para arrasar
Liberte meu coração
Insaciável
Mordida
Victoria e o patife
O garoto está de volta

Série O Diário da Princesa
O diário da princesa
Princesa sob os refletores
Princesa apaixonada
Princesa à espera
Princesa de rosa-shocking
Princesa em treinamento
Princesa na balada
Princesa no limite
Princesa Mia
Princesa para sempre
O casamento Real

Lições de princesa
O presente da princesa

Série A Mediadora
A terra das sombras
O arcano nove
Reunião
A hora mais sombria
Assombrado
Crepúsculo
Lembrança

Série As leis de Allie Finkle para meninas
Dia da mudança
A garota nova
Melhores amigas para sempre?
Medo de palco
Garotas, glitter e a grande fraude
De volta ao presente

Série Desaparecidos
Quando cai o raio
Codinome Cassandra
Esconderijo perfeito
Santuário

Série Abandono
Abandono
Inferno
Despertar

Série Diário de uma princesa improvável
Diário de uma princesa improvável

MEG CABOT

Nicola e o Visconde

Tradução de
Marcela Filizola

1ª edição

— **Galera** —

RIO DE JANEIRO
2017

CIP-BRASIL. CATALOGAÇÃO NA PUBLICAÇÃO
SINDICATO NACIONAL DOS EDITORES DE LIVROS, RJ

C116n   Cabot, Meg, 1967-
         Nicola e o Visconde / Meg Cabot; tradução Marcela
         Filizola. – 1ª ed. – Rio de Janeiro: Record, 2017.

         Tradução de: Nicola and the Viscount
         ISBN 978-85-01-11143-2

         1. Ficção infantojuvenil americana. I. Filizola, Marcela. II. Título

17-42948
                                                    CDD: 028.5
                                                    CDU: 087.5

Título original:
Nicola and the Viscount

Copyright © 2016 by Meg Cabot

Publicado mediante acordo com Harper Collins Publishers.

Todos os direitos reservados.
Proibida a reprodução, no todo ou em parte, através de quaisquer meios.
Os direitos morais do autor foram assegurados.

Texto revisado segundo o novo Acordo Ortográfico da Língua Portuguesa.

Direitos exclusivos de publicação em língua portuguesa somente para o
Brasil adquiridos pela
EDITORA RECORD LTDA.
Rua Argentina, 171 – Rio de Janeiro, RJ – 20921-380 – Tel.: (21) 2585-2000,
que se reserva a propriedade literária desta tradução.

Impresso no Brasil

ISBN 978-85-01-11143-2

Seja um leitor preferencial Record.
Cadastre-se em www.record.com.br e receba
informações sobre nossos lançamentos e nossas promoções.

Atendimento e venda direta ao leitor:
mdireto@record.com.br ou (21) 2585-2002.

Para Benjamin.

Muito obrigada a Beth Ader,
Jennifer Brown, Laura Langlie, Abby McAden
e David Walton.

though
Parte Um

Capítulo Um

Londres, 1810

— Ah, Nicky. — A respeitável Srta. Eleanor Sheridan soltou um suspiro. — Daria qualquer coisa para ser órfã como você. Tem *tanta* sorte.

Longe de se sentir ofendida pelo comentário da amiga, a Srta. Nicola Sparks olhou pensativa para o próprio reflexo no espelho de moldura dourada diante de si.

— Tenho mesmo, não é? — concordou ela.

A mãe de Eleanor pigarreou, indignada.

— Ora, gostei dessa! — observou Lady Sheridan ao entregar à aia uma pilha de roupas íntimas da filha para que fossem guardadas. — Mil perdões, Eleanor, por seu pai e eu não termos colaborado e morrido num momento mais oportuno.

De pé, atrás de Nicola e diante da penteadeira, Eleanor revirou os olhos enquanto analisava os cachos castanhos no espelho com o mesmo olhar crítico que a amiga aplicava aos cachos pretos e brilhantes.

— Ah, não me canse, mamãe — replicou a jovem. — Sabe que não desejo sua morte nem a de papai. É só que, agora que terminamos os estudos, Nicola tem a sorte de poder escolher para onde vai entre uma horda de convites, enquanto eu não tenho nenhum poder de escolha. Tenho que passar o resto da vida, ou pelo menos até o casamento, com você e papai, além de Nat e Phil, aqueles dois insuportáveis.

— Posso tomar providências para que passe o resto da vida com suas tias-avós em Surrey — comentou Lady Sheridan, rispidamente. — Se nosso lar é tão desagradável assim para você. Tenho certeza de que adorariam recebê-la.

Eleanor arregalou os olhos cor de avelã, girando da penteadeira para encarar a mãe.

— *Surrey*! — exclamou a menina. — O que alguém sequer poderia fazer em *Surrey*?

— Não tenho a menor ideia. — Lady Sheridan fechou a primeira das muitas malas da filha, então seguiu para a próxima. — Mas posso prometer que vai descobrir se não começar a demonstrar um pouco mais de bom senso. Nicola, sortuda por ser órfã, era só o que faltava!

Ao ouvir o comentário, Nicola despertou da análise minuciosa do novo penteado — fora a primeira vez que Martine, sua aia, que não achava apropriado o uso de cabelos presos por meninas com menos de 16 anos, lhe dera permissão para arrumá-los daquela forma. Girando no banco de borla onde estava sentada, ela disse para a mãe da amiga, com certa seriedade:

— Mas tenho *mesmo* sorte, Lady Sheridan. Quero dizer, não é como se eu tivesse conhecido meus pais, entende? Então não tenho como sentir saudades. Eles morreram alguns meses depois que eu nasci. E, embora a morte tenha sido trágica, pelo menos foram juntos...

— É tão romântico — comentou Eleanor, com um suspiro. — Espero que, quando eu morrer, seja igual aos pais de Nicky: afogada no rio Arno depois de uma tempestade repentina.

— E, por mais que meu pai realmente não tivesse muito dinheiro — continuou Nicola, calmamente, como se Eleanor não a tivesse interrompido —, ele me deixou a abadia, o que garante alguma renda; não é muito, claro, mas pelo menos é suficiente para pagar uma aia, os estudos e rendados novos para um chapéu de vez em quando.

Ela se voltou novamente para o reflexo no espelho. Embora não fosse, de modo algum, a mais bonita do Internato para Jovens Mulheres de Madame Vieuxvincent — Eleanor, certamente, era a menina que mais se destacava na escola pela beleza —, ninguém, exceto talvez a própria Nicola, discordaria de que era bastante agradável. A jovem considerava um defeito terrível o fato de seu nariz ser marcado por uma série de pequenas sardas devido a uma imprudente expedição de rio no verão anterior, quando não portava nem chapéu nem sombrinha.

Ainda assim, apesar das pintas, precisava admitir:

— Então, de verdade, Lady Sheridan, Eleanor está certa. Tenho *mesmo* muita sorte. Pelo menos, até agora. O que irá acontecer comigo a seguir...

Ela mordeu o lábio inferior e o observou ficar profundamente escarlate no reflexo do espelho. Carmim era rigorosamente proibido na escola, assim como pó, para a infelicidade das sardas de Nicola. Portanto, as meninas precisavam recorrer a beliscões e mordidas quando desejavam atingir os efeitos da boa saúde — embora ela normalmente se virasse bem sem os truques, com a pele cor de marfim e os cílios e cabelos negros.

— Não faço a mínima ideia — continuou Nicola. — Imagino que, agora que terminei os estudos, devo ser soprada pela vida, como sementes ao vento.

— Bem, se um dia se cansar de ser levada pelo vento — disse Lady Sheridan, sacudindo um xale terrivelmente amassado antes de o entregar a Mirabelle, a aia de sua filha, para que fosse prensado entre folhas de tecido e depois dobrado e guardado na mala diante delas —, sinta-se sempre bem-vinda para ficar conosco, Nicola, por quanto tempo quiser.

— Até parece! — exclamou Eleanor, afastando o olhar da janela ensolarada à frente. — Ora, Nicky recebeu convites para se hospedar com as moças mais ricas da escola! Como Sophia Dunleavy. Ah, e Charlotte Murphy. Até mesmo Lady Honoria Bartholomew a convidou. *Seus* pais possuem uma casa em Park Lane, na cidade, e Lady Honoria tem o próprio cabriolé... Sem falar de todo um guarda-roupa copiado das páginas de moda da *La Belle Assemblée* apenas para sua apresentação à sociedade. E o pai *dela* é um *conde*, Conde de Farelly, e não um mero visconde, como papai.

— Meu Deus. — O comentário de Lady Sheridan não estava relacionado à grandeza da linhagem de Lady Honoria Bartholomew, como era de se imaginar. — Não consigo entender o que passou pela cabeça de Lady Farelly para hospedar uma jovem como Nicola durante a temporada de debutante da filha. Aquela mulher deve estar louca.

Ao ouvir isso, Nicola sentiu os olhos marejarem. Ora, Eleanor havia sido sua amiga mais próxima durante os anos no internato de Madame! Quantos feriados não passara na casa de campo dos Sheridan? Quantos finais de semana não passara em sua casa em Londres? Sempre gostara do fato de a amigável Lady Sheridan cuidar dela carinhosamente, como se fosse uma segunda filha.

Então por que razão teria dito algo assim?

— Uma jovem como Nicola? — Para sua satisfação, Eleanor se apressou a defender a amiga. — Ora, mamãe! Isso é coisa que se diga?! E bem na frente de Nicky!

Lady Sheridan apenas pareceu irritada.

— Pelo amor de Deus, Eleanor! — replicou ela, com seu jeito direto. — Só quis dizer que Lady Farelly deve ter ganhado de Deus a inteligência de um bobo para hospedar uma menina tão bonita como Nicola, quando a própria filha, que, veja bem, não é nenhum colírio apesar de todo o dinheiro do mundo, também estará procurando um marido.

Assim, a jovem percebeu que o que tinha parecido um insulto na realidade fora um elogio bastante gentil. Então ela segurou as lágrimas e, sentindo uma onda de afeto pela mãe da amiga, saltou do banco de borla e correu para abraçá-la.

— Ah, Lady Sheridan! — exclamou Nicola, sem se importar com o fato de quase ter derrubado os tecidos carregados por Mirabelle, a aia. — Você é tão maravilhosa! Quase me faz desejar que tivesse optado por vocês, na verdade.

Embora parecesse levemente espantada, Lady Sheridan ainda assim retribuiu o abraço, dando tapinhas carinhosos nos ombros da jovem.

— Você é um amor de menina, Nicola — admitiu a senhora. — Acho que fez muitíssimo bem a Eleanor. Deus sabe que escolhemos uma escola interna como último recurso. Todas as governantas que contratamos se desesperaram ao tentar lhe incutir um conhecimento básico de francês e de bordado *petit point*. Mas, graças a você, além de Madame, é claro, ela amadureceu e ficou bem menos boba. Acredito que tenha finalmente se concentrado nos estudos por influência sua.

— *Mamãe!* — protestou a jovem. — Ora, não sou nada boba. Minhas notas foram as mais altas da escola este semestre, exceto pelas de Nicola. E, no mês passado, li *O canto do último trovador* inteiro. — De repente, um som do lado de fora da janela do quarto a distraiu, e Eleanor rapidamente esqueceu o ultraje para informar, ansiosa:

— Ai, olhe, Nicky! É *ele*! O Deus em carne e osso! Ele veio *mesmo*, no fim das contas, exatamente como Lady Honoria disse que viria!

Imediatamente Nicola largou Lady Sheridan e correu para a janela, quase rasgando o vestido branco de musselina no canto de uma das malas da amiga e levando Mirabelle a exclamar:

— Mademoiselle, seu lindo vestido! Tome cuidado!

Ao abrir espaço para Nicola no parapeito da janela, Eleanor declarou com desdém:

— Ah, quem se importa com um vestido idiota quando há um *deus* na entrada de carruagens?

Lady Sheridan e a aia da filha trocaram olhares significativos, mas Nicola não se importava se achassem que ela e Eleanor eram volúveis: valia muito a pena, considerando a visão que as esperava abaixo...

— Nossa — cochichou Eleanor para não ser ouvida, afinal era um dia quente de primavera e todas as janelas do internato estavam abertas a fim de permitir a circulação do ar enquanto as meninas se arrumavam para a partida; era o último dia do semestre escolar. — Olhe para ele, Nicky. Já viu algo assim?

Nicola precisava admitir que não. Pelo menos não desde a última vez que o jovem Lorde Sebastian viera visitar a irmã, Lady Honoria, também estudante do internato.

— Ele tem o cabelo mais loiro que já vi na vida — declarou Eleanor, em voz baixa. — E veja que ombros!

Ao olhar para baixo e observar o jovem alto, Nicola não prestava atenção nem no cabelo loiro nem nos ombros impressionantemente largos. Em vez disso, lembrava-se dos olhos de Lorde Sebastian — tão azuis quanto os seus, ela sabia bem, e os olhos de Nicky haviam sido comparados, por algumas das garotas mais criativas da escola, à safira no broche usado por Madame em ocasiões especiais como aquela. Da primeira vez que os notara, os olhos de Lorde Sebastian Bartholomew pareceram azuis como o céu...

Isso fora no último recital do internato, no outono do ano anterior, quando o rapaz, que viera de Oxford para visitar a única irmã, Lady Honoria, tinha elogiado Nicola após a apresentação de *Marmion*, de Walter Scott.

— Srta. Sparks — dissera Lorde Sebastian, num tom de voz tão gentil e másculo como aquele que Nicola sempre havia imaginado em um Lancelot dirigindo-se a sua bela Guinevere. — Como invejo Lochinvar, ainda que seja apenas por ter o próprio nome pronunciado por lábios tão doces.

A jovem recebera o elogio sem dizer uma palavra, somente curvando-se e, como ela temia, corando. Mas como poderia ter respondido? O que teria dito? Eleanor estava absolutamente certa: o homem era como um deus, um Apolo, ou mesmo um Adônis... Ou, pelo menos, como os grandes mestres ilustravam Apolo e Adônis, cujas cópias tinham sido penduradas por Madame no salão, para a formação intelectual das pupilas.

E, como Apolo, o deus do sol, Lorde Sebastian queimava a alma de Nicola. Apenas um lampejo de olhar. Era tudo o que precisava.

Ora, por acaso Romeu precisara de mais que isso para conquistar o coração de sua doce Julieta para sempre?

E lá estava Lorde Sebastian de novo, mas dessa vez Nicola sentia-se determinada a fazer mais que uma reverência. Não, dessa vez iria impressionar o Deus com perspicácia e elegância. Era só esperar para ver.

E ela acreditava que não havia mal nenhum no fato de estar muito bonita com o novo penteado. Afinal, da última vez que o vira usava tranças! Ele devia ter achado Nicola incrivelmente infantil! Infelizmente, havia as sardas, mas pelo visto não podia fazer nada com relação a isso. Pelo menos não até que chegasse a Londres e conseguisse pó para o rosto.

— Será que ele a ouviu recitar *A dama do lago* hoje de manhã? — ponderou Eleanor, observando conforme o rapaz instruía um criado que carregava uma das malas da irmã a fim de que seguisse em direção à carruagem. — Caso tenha ouvido, certamente já a ama. Afinal, Nicky, ninguém consegue ouvi-la recitar Scott e não se apaixonar.

Enquanto Nicola desejava com fervor que aquilo fosse verdade, uma voz decididamente nada feminina surgiu atrás das duas e exigiu:

— Quem ama Nicky?

As meninas se viraram e, ao verem quem era, instintivamente se moveram para bloquear a vista da janela.

— Nathaniel, o que passa por sua cabeça? — indagou Lady Sheridan, repreendendo o filho mais velho. — Onde já se viu entrar sem bater no quarto de sua irmã! Perdeu o juízo?

— A porta estava aberta. — O irmão mais velho de Eleanor, o ilustre Nathaniel Sheridan, jogou-se em um sofá próximo e observou as duas garotas com um olhar tão especulativo quanto travesso. — Quem ama Nicky? — repetiu ele.

Envergonhada, Nicola lançou um olhar de súplica a Lady Sheridan. Nathaniel parecia se deleitar, provocando impiedosamente a própria irmã, assim como a melhor amiga desta, sempre que as via. Felizmente isso não ocorria com frequência, pois até recentemente o rapaz estivera ocupado estudando para se formar em primeiro lugar na faculdade de matemática em Oxford; o que, de fato, ocorrera.

Contudo, com o diploma já garantido, Nathaniel estava solto pelo mundo, e Nicola não conseguia deixar de sentir um pouco de pena... Isto é, pena do mundo. Embora secretamente suspeitasse que tal comportamento não causaria metade da irritação caso não fosse um jovem tão atraente. Ah, mas não era um Apolo — por favor! Não era nenhum deus de cabelos loiros e olhos azuis.

No entanto, era bem alto e tinha um sorriso bastante charmoso, e o modo como os cabelos castanhos às vezes lhe cobriam os olhos — cor de avelã como os da irmã... Nicola achava aquilo extremamente desconcertante. O fato de uma pessoa tão desagradável poder ser fisicamente tão cativante era muito insuportável.

Só que o desdém de Nathaniel por poesia era uma grande falha. Certa vez, tivera até mesmo a ousadia de chamar o belo e bravo Lochinvar de "um grande idiota", um pecado que a jovem sabia jamais poder perdoar.

Felizmente, Lady Sheridan desaprovava o ocasional comportamento brincalhão do primogênito com a irmã e as amigas tanto quanto Nicola lhe desaprovava a falta de respeito com as belezas encontradas na literatura.

— Daqui para frente, se refira a Nicola como Srta. Sparks, Nathaniel — declarou a mãe do rapaz. — A partir de hoje, ela não está mais na sala de aula, e você irá lhe conceder a cortesia oferecida a uma estranha, e não a uma amiga pessoal de Eleanor. — Para Nicola, Lady Sheridan disse: — Mas você, minha querida, ainda deve se sentir à vontade para lhe acertar a cabeça com a sombrinha sempre que ele for importuno.

Antes que Nathaniel pudesse reclamar, Phillip, o irmão de 10 anos de Eleanor, entrou, também sem bater à porta, nos aposentos prestes a serem deixados para trás definitivamente pela irmã. Toda a atenção do garoto estava voltada ao irmão, de 20 anos.

— Nat! — exclamou o menino, animado. — Precisa ver a carruagem que acabou de chegar! Tem cavalos idênticos que devem ter mais ou menos 1,80 metro de altura e que devem ter custado, fácil, umas cem libras cada...

— Phillip! — Lady Sheridan estava chocada com a falta de decoro dos filhos. — Minha nossa. Um cavalheiro sempre bate antes de entrar nos aposentos de uma dama.

O filho caçula simplesmente pareceu confuso.

— Dama? Que dama? Afinal, é só o quarto de Eleanor. Escute, Nat, precisa ver esses cavalos...

— Mademoiselle. — Todos dirigiram os olhares à porta, onde a aia de Nicola, Martine, estava parada, segurando a sombrinha e o chapéu de sua senhora, os olhos escuros arregalados. — Perdoe-me, mademoiselle, mas Lady Farelly pediu que eu a buscasse. A carruagem acaba de chegar. Estão todos lá embaixo esperando por você.

— Então aqueles são os cavalos de Lorde Farelly — observou Phillip, com um assobio baixo e apreciativo. — Bem, era de se imaginar.

No entanto, a reação do irmão mais velho àquela notícia não foi tão positiva assim. Nathaniel praticamente pulou do assento onde estivera sentado relaxadamente momentos antes.

— Lorde Farelly? — soltou ele, não muito educadamente. — Que diabos? Você não vai ficar com os *Bartholomew*, vai, Nicky?

— E se eu for? — indagou a jovem enquanto pegava o chapéu que Martine segurava. — São pessoas perfeitamente agradáveis.

— Pessoas perfeitamente *ricas*, você quer dizer — rebateu Phillip. — Não é de se admirar que Nicky queira se hospedar lá com cavalos assim.

— Phillip! — Lady Sheridan parecia estar chegando ao fim da paciência com os filhos. — É grosseiro comentar a situação financeira dos outros. E, Nathaniel, já disse para não chamar a Srta. Sparks pelo primeiro nome.

— E, sinceramente, Phil — emendou Eleanor, com desprezo. — A hipótese de Nicky ter escolhido ficar com os Bartholomew em vez de ficar conosco só porque eles têm mais dinheiro é absolutamente ridícula. Como pode pensar algo tão perverso, ainda por cima de nossa Nicky? Ora, não tem nada a ver com isso. Na verdade, ela está apaixonada por Lorde Sebas...

— Eleanor! — gritou Nicola.

Mas já era tarde. O mal estava feito.

— Então era *dele* que vocês falavam quando entrei. — Nathaniel tirou uma mecha escura de cabelo dos olhos e fixou o olhar em Nicola. — Bem, acho bom você saber que Sebastian Bartholomew não é nada além de um *remador*.

Furiosa ao ouvir insultos ao Deus — embora não pudesse imaginar por que fazer parte do time de remo da faculdade era um crime tão terrível —, mas igualmente furiosa com Eleanor por deixar escapar seu maior segredo, a jovem ofegou. Não conseguia se recordar de uma ocasião em que tivesse, genuinamente, sentido tanta raiva de alguém. Madame sempre lembrava às pupilas que a raiva não era um sentimento apropriado a uma dama. Então Nicola lutou para se conter. Mas não conseguiu. E toda aquela ira explodiu em uma torrente.

— Deveria ter vergonha de si mesmo por dizer tais coisas — esbravejou ela. — Sequer o conhece!

— Conheço Bartholomew bem melhor que você — retorquiu Nathaniel. — Ele estudou na mesma faculdade que eu em Oxford.

— E? — questionou Nicola. — E daí que ele era um remador? Deve ter sido algo muito mais empolgante que o que *você* fazia em Oxford.

— Estudando, você quer dizer? — Ele soltou uma risada sarcástica. — Sim, devo dizer que Bartholomew viveu dias mais *empolgantes* que eu em Oxford.

Por mais que ainda não tivesse certeza do que ele queria dizer, a jovem sentiu outro surto de fúria. Como alguém ousava depreciar o Deus! Ela queria quebrar alguma coisa, mas como aquele era o quarto de Eleanor, e não o seu, não havia nada por perto que pudesse quebrar sem culpa. Então optou por apenas bater os pés e declarar:

— Está falando como se ele fosse um vagabundo!

— Foi você quem disse — retrucou o rapaz. — Não eu.

— Não dê atenção a ele, Nicky — interferiu Eleanor.
— Lorde Sebastian é um admirador de poesia como você. Sabe o que Nat acha de poesia.

— Apesar do que Nathaniel pensa a respeito de poesia — comentou Lady Sheridan, dando um passo para se colocar entre o filho e a amiga de sua filha, que se encaravam raivosos a ponto de quase esbarrar o nariz de tão próximos, ambos com os braços cruzados e a respiração ofegante —, tem certeza de que seu tio aprova que você fique com Lorde Farelly e a esposa, Nicola?

— Meu tio? — A menina lançou um olhar perplexo para Lady Sheridan.

— O Rabugento — esclareceu Eleanor, solícita.

Ao compreender, Nicola comentou:

— Ah, quer dizer Lorde Renshaw? Mas ele não é meu tio, Lady Sheridan, apenas meu primo... e tutor. E, sim, ele sabe. Isto é, sabe que vou ficar com os Bartholomew. — Ela estreitou os olhos para Nathaniel. — O Rabugento é uma pessoa um pouco mal-humorada, mas pelo menos *ele* não é alguém sem imaginação que odeia poesia.

O rapaz abriu a boca para responder, porém, antes que conseguisse falar qualquer coisa, a mãe interveio:

— Tudo bem, então. Se o responsável legal de Nicola sabe e aprova, então não acredito que nós, Nathaniel, possamos obje...

— Ah, ele não aprova — interrompeu Eleanor, com uma risada. — O Rabugento ficou bastante irritado por Nicky não ter optado por ficar em Londres com ele e aquele detestável almofadinha. Não é, Nicky?

Lady Sheridan olhou para cima, como se clamasse aos céus.

— Eleanor — repreendeu ela. — Por favor, não se refira a Lorde Renshaw como "Rabugento" nem a seu herdeiro como "almofadinha".

Surpresa, a jovem perguntou:

— Por que não? Ele *é*.

— Ainda assim...

— Mademoiselle. — Ainda à porta, Martine pigarreou alto. — Desculpe interromper, mas não devemos deixar a senhora esperando.

Nicola se voltou para Lady Sheridan. Realmente não era assim que gostaria de se despedir... a família fora tão gentil com ela durante todos os anos em que frequentara a escola com Eleanor. Mas certamente acabariam se vendo com frequência quando estivessem todos de volta a Londres. As duas amigas sem dúvida seriam convidadas para muitos dos mesmos bailes e soirées...

Infelizmente, era bastante provável que Nathaniel também comparecesse. Contudo, Nicola pretendia manter um ar de desdém, como se fosse uma rainha, quando estivesse perto daquele sujeito dali em diante. Imagine só, insultar o Deus daquela maneira!

— Preciso ir — declarou ela para Lady Sheridan, lamentando-se. — Mas posso entrar em contato com Eleanor quando ela estiver novamente acomodada em casa?

— Pode entrar em contato com Eleanor sempre que quiser, Nicola — respondeu Lady Sheridan, esticando os braços para envolver a amiga mais próxima de sua filha. — E lembre-se: se mudar de ideia com relação aos Bartholomew, por *qualquer* razão que seja, nossa casa estará sempre de portas abertas para você.

A menina retribuiu o abraço agradecida e desviou o olhar de Nathaniel, que ainda a encarava com uma expressão muito sombria, conforme ela percebeu. O irmão de Eleanor era realmente um provocador. Mas era também muito, muito inteligente. O primeiro lugar na faculdade de matemática era a prova disso, não era?

Ainda assim, Nicola tinha certeza de que estava errado, tanto sobre poesia quanto sobre Lorde Sebastian Bartholomew.

E ela iria provar isso, de um jeito ou de outro.

Capítulo Dois

Querida Vovó,

Espero que tenha recebido os presentes que mandei. O xale é de seda pura chinesa, e o cachimbo que enviei para Pudim é de marfim! Não se preocupe com o gasto; consegui usar minha renda mensal. Estou com os Bartholomew — comentei sobre isso em minha última carta —, e eles não me deixam gastar um centavo comigo! Lorde Farelly insiste em pagar tudo. É um homem muito gentil. Tem muito interesse em locomotivas e ferrovias. Ele diz que algum dia a Inglaterra será inteira ligada por trilhos e que uma pessoa poderá começar o dia em Brighton e terminá-lo em Edimburgo!

Acho meio difícil de acreditar, como tenho certeza de que você também achará, mas é o que ele diz.

Nicola parou para reler o que havia sido escrito até então. Ao fazer isso, mordiscou a pena, pensativa.

Obviamente Vovó não era sua verdadeira avó. A jovem não tinha avós, pois todos haviam morrido por causa da gripe antes de seu nascimento. Como o único parente vivo de Nicola, Lorde Renshaw, não tinha interesse algum em criar uma menininha, e nem conhecimento para isso, ela fora educada pela esposa do caseiro da propriedade do pai, a Abadia Beckwell, até que tivesse idade suficiente para ser enviada à escola. Era a essa mulher — e a seu marido, que a menina carinhosamente chamava de Pudim — que Nicola corria quando precisava de conselhos e do consolo de uma avó. Assim como ela, o casal dependia da pequena renda proporcionada pelos fazendeiros locais, que arrendavam os muitos campos da abadia como pasto para suas ovelhas. Portanto, Vovó e Pudim tinham uma vida modesta, porém confortável.

Mas de forma alguma tão confortável quanto a vida de Nicola no último mês. Afinal, os Bartholomew eram realmente tão ricos quanto Phillip Sheridan tinha declarado... talvez até mais.

No entanto, o que Phillip não mencionara, pois não tinha como saber, era que os Bartholomew eram também muito generosos; quase ao extremo. A jovem precisava apenas expressar um mínimo interesse, e seus desejos eram prontamente atendidos. Ela aprendera a não sair apontando cada chapéu e bijuteria que chamara sua atenção nas muitas lojas que frequentava com Honoria, a fim de que não acabasse ganhando o que inadvertidamente havia admirado. Não podia permitir que aquelas pessoas gentis continuassem comprando presentes para ela... especialmente quando não tinha como retornar o favor.

Além disso, Nicola não *precisava* realmente de novos chapéus e vestidos. A necessidade, por conta da renda limitada, fizera com que se tornasse uma costureira hábil e criativa. A jovem aprendera sozinha a alterar vestidos antigos, modificando-os com um novo babado ou mangas longas até que parecessem ter acabado de sair de uma *maison* parisiense. E era uma modista de chapéus tão boa quanto qualquer outra na cidade, tendo reformado muitos chapéus, transformando-os em modelos extremamente estilosos simplesmente com uma adição inventiva de rosas de seda aqui ou uma cereja artificial ali.

Relendo a carta, ela se perguntou se deveria acrescentar algo sobre o Deus. Parecia ser uma boa ideia, pois era inteiramente possível que Sebastian Bartholomew passasse a ter um papel importante na vida de todos eles se as coisas continuassem nesse ritmo. Como crescera quase totalmente afastada de meninos, Nicola sabia muito pouco sobre eles, para falar a verdade, mas tinha a impressão de que o irmão de Honoria vinha sendo realmente *muito* atencioso com ela desde que se hospedara com os Bartholomew. Ele acompanhava as meninas a quase todos os lugares, a não ser quando estava ocupado com os próprios amigos, afeitos a apostas e cavalos, como quase todos os rapazes — exceto, talvez, Nathaniel Sheridan, sempre preocupado demais com a administração das muitas propriedades do pai para conceder um segundo que fosse a um jogo de cartas ou de bilhar.

O que parecia ainda mais promissor era que o deus sempre a tirava para dançar primeiro, em qualquer baile a que comparecessem. Às vezes, o rapaz até garantia *duas* danças numa mesma noite. Três danças com um cavalheiro de quem ela não era noiva, obviamente, já seria um escândalo, então isso não era nem mesmo uma possibilidade.

Naquelas ocasiões, é claro, Nicola sentia o coração cantar, e não podia acreditar que existia alguém mais feliz que ela em Londres. Parecia incrível, mas pelo visto realmente tinha conseguido o que queria: impressionar o jovem Visconde Farnsworth — pois aquele era o título do Lorde Sebastian e seria até a morte do pai, quando receberia o título de Conde de Farelly — com seu charme e sua inteligência. Como conseguira aquilo — e sem a ajuda de maquiagem —, não saberia dizer, mas tinha certeza dos sinais: o Deus a admirava, pelo menos um pouco. Ela acreditava que o cabelo, que começara a usar constantemente preso em um penteado, com o auxílio de Martine, tinha ajudado.

Tudo que Nicola precisava para selar eternamente sua felicidade era que o Deus a pedisse em casamento. Se pedisse — não, quando, *quando* pedisse —, a jovem já havia decidido que diria sim.

Mas, no fundo da mente, havia uma pequena dúvida sobre tal pedido se concretizar. Afinal, ela não era rica. Não tinha nada a seu favor além de um rosto bonito e um olhar perspicaz para a moda. Rapazes atraentes, com riqueza e títulos de nobreza, raramente pediam meninas sem um tostão no bolso, como Nicola, em casamento — ainda que fosse uma menina sem um tostão, mas de boa família e com ótima educação. O amor era ótimo e importante nas uniões, mas, como Madame frequentemente mencionava, passar fome não era agradável. Homens que não se casavam seguindo as ordens dos pais geralmente acabavam deserdados e sem dinheiro. E pensar que seria possível viver apenas de amor era um equívoco completo. Afinal de contas, o amor não enchia barriga nem despensa.

Mas ao menos Nicola acreditava estar a salvo de objeções parentais à união com o deus. Lorde Farelly e sua esposa pelo visto gostavam de verdade da jovem. Ora, no curto período que passara morando com eles, já pareciam considerá-la uma filha, incluindo-a em todas as conversas de família e até mesmo chamando-a de Nicola de vez em quando, deixando de lado o título formal, Srta. Sparks.

Não, se Lorde Sebastian a pedisse em casamento, ela não previa quaisquer dificuldades *daquele* tipo. Mas será que ele pediria? Será que pediria em casamento uma menina que era simplesmente bonita, mas não linda? Uma menina com sardas no nariz, que apenas recentemente tinha recebido permissão para usar o cabelo preso? Uma órfã com somente uma pequena propriedade em Northumberland e um vasto conhecimento dos poetas românticos?

Sim, iria. Simplesmente *iria*! Nicola sentia que aquilo iria acontecer com tanta certeza quanto sentia que a cor ocre era uma abominação em uma mulher ruiva.

Sinceramente, a única outra nuvem na existência ensolarada da jovem era Nathaniel Sheridan, que usava cada oportunidade — e havia muitas, pois os dois frequentemente se encontravam em bailes e reuniões — para provocá-la e atormentá-la em relação a Lorde Sebastian.

Contudo, Nicola realmente se esforçava para afastar Nathaniel dos pensamentos enquanto escrevia aquela carta para casa, contendo-se apenas em relatar os muitos méritos do deus — a quem tinha se referido de forma correta, como Lorde Sebastian; somente nas muitas conversas particulares com Eleanor, que ela via com bastante regularidade, Nicola o chamava pelo apelido que as duas deram a ele —, para que, quando escrevesse a Vovó informando-a do noivado — nossa, como ela queria aquele noivado —, não fosse um choque tão grande.

Conforme descrevia as divinas habilidades de dança do deus, o próprio Lorde Sebastian entrou na sala. A jovem rapidamente escondeu o que estivera escrevendo atrás de um papel ofício.

— Bom dia, mãe — cumprimentou Sebastian, caminhando para beijar Lady Farelly, que também estava sentada escrevendo cartas e vestia um deslumbrante robe de cetim azul; aos olhos treinados de Nicola, este parecia ter custado pelo menos tanto quanto um dos novos caçadores de Lorde Farelly, do qual ele não estava pouco orgulhoso. — Estou indo ao Tatt encontrar um homem a respeito de um cavalo. Precisa de alguma coisa?

Lady Farelly murmurou distraída, ocupada em meio às próprias cartas. Mas as dela eram de lamento, pois era forçada a recusar alguns dos muitos convites recebidos por Honoria para diversos bailes e reuniões. Uma debutante podia ser convidada para, no máximo, vinte eventos em uma semana, e precisava ser escrupulosamente cuidadosa com relação aos que decidia comparecer. Um único jantar errado e aquilo podia resultar em ligações das quais a jovem jamais se recuperaria.

Após cumprir os deveres com a mãe, a atenção do Deus se voltou para a irmã e para Nicola. Ele não cultivava com Honoria o mesmo tipo de relação de provocações que Nathaniel e Eleanor Sheridan compartilhavam. Ao contrário, o visconde era infalivelmente cortês com a menina, o que Nicola achava um comportamento correto e apropriado a um deus.

— E o que vocês duas planejam fazer hoje? — Ele quis saber, embora a pergunta parecesse mais direcionada a Nicola que a Honoria.

Mesmo assim, foi a irmã quem respondeu, enquanto folheava preguiçosamente as páginas de um exemplar da *Lady's Magazine*. A jovem não gostava de escrever cartas e, de todo modo, como era um pouco reservada, não tinha ninguém para quem escrever porque não fizera nenhuma amizade na escola de Madame — com exceção de Nicola, que sabia que o jeito reservado, na verdade, escondia a timidez aguda nascida das inseguranças pela aparência levemente equina.

— De dia temos a festa de Stella Ashton — respondeu Honoria, com voz entediada. — Depois jantaremos e iremos ao Almack.

— Claro — afirmou o Deus. — É quarta-feira; tinha esquecido. — Ele sorriu para Nicola, que exibia o que esperava ser uma expressão calma à mesa da qual se apropriara, próxima à janela e com vista para o jardim abaixo. A jovem supunha que não era possível perceber quão rapidamente o coração havia começado a bater quando o vira, tão belo, vestindo uma gravata branca impecável e um terno verde-oliva. — Imagino que seria pedir demais sugerir que escapássemos do Almack dessa vez. Já tive uma quantidade grande o suficiente de salões lotados. O que eu gostaria mesmo é de um pouco de ar fresco para variar.

Contente ao ouvir aquilo, pois também não nutria nenhum afeto por salões de dança cheios, Nicola disse:

— "Existe prazer nas matas densas; existe êxtase na costa deserta; existe convivência sem que haja intromissão no mar profundo e música em seu ruído."

Mas, em vez de proclamar o último verso, *"Ao Homem não amo pouco, porém muito a Natureza"*, o Deus comentou, parecendo impressionado:

— Olhe, que maravilha! Acabou de criar esses versos?

Sentindo uma leve — apenas uma leve — pontada de decepção, Nicola respondeu, educadamente:

— Não. É Byron.

— Ah, é mesmo? — Absolutamente impassível, Lorde Sebastian pegou uma maçã na tigela de frutas próxima a ele e a mordeu ruidosamente. — Bem, é exatamente o que sinto. Estava tão apertado no Almack na semana passada. Será que não podemos deixar de ir dessa vez?

Chocada, Lady Farelly voltou o olhar para o filho.

— Depois de tudo que passamos para conseguir as entradas? Certamente *não podemos* deixar de ir. — Em seguida, retornou às cartas.

O Deus suspirou, então piscou na direção de Nicola.

— Está bem — respondeu ele. — Acho que consigo sobreviver caso me faça o favor, Srta. Sparks, de prometer a primeira e a última dança.

As bochechas da jovem coraram. Toda a decepção com a falta de familiaridade de Lorde Sebastian com os poetas românticos evaporou com o prazer causado pelo pedido.

— Se assim desejar. — Foi tudo que disse, proferindo, no entanto, as palavras num tom reservado que teria deixado Madame Vieuxvincent bastante satisfeita.

Sorridente, Lorde Sebastian seguiu para Tattersalls, o mercado de cavalos, e Nicola, também sorrindo alegremente, voltou à própria carta. Onde estava mesmo? Ah, sim. Descrevendo o Deus. Como faria jus àqueles belos olhos e ao sorriso tranquilo? Seria difícil, para dizer o mínimo. Achava que o próprio Lorde Byron teria tido dificuldades.

Curiosamente, enquanto se demorava enaltecendo todas as virtudes do deus na carta para seus entes queridos, na Abadia Beckwell, o mordomo de Lorde Farelly entrou no recinto e anunciou que outros dois personagens a quem a jovem apelidara tinham aparecido, e a esperavam na sala de estar — o primo, Lorde Renshaw (o Rabugento), e o filho, Harold (o Almofadinha).

Fazendo uma careta, Nicola pousou a pena. Lorde Renshaw e o herdeiro eram simplesmente as últimas pessoas que queria ver. Contudo, a jovem supunha que não tinha escolha, a não ser ceder alguns instantes a seus únicos parentes vivos, embora fossem somente primos distantes.

Assim, ela alisou o vestido e passou a mão com leveza no penteado, então seguiu para a sala de estar, os ombros eretos e a cabeça erguida, exatamente como Madame instruíra suas pupilas. Afinal, uma dama jamais andava de forma relaxada nem demonstrava não estar contente ao receber visitas, independentemente do quanto as detestasse.

— Lorde Renshaw — cumprimentou Nicola, estendendo as duas mãos na direção do homem esguio e impecavelmente vestido parado ao lado de uma das esplêndidas lareiras de mármore de Lorde Farelly. — Como é bom vê-lo.

Norbert Blenkenship — agora Lorde Renshaw graças ao pai de Nicola, que passara o título ao único parente de sexo masculino, mas toda a propriedade que o acompanhava para a própria filha — não fora abençoado com riquezas nem com qualidades físicas ao nascer. Mas tinha compensado a primeira insuficiência ao se casar, por um milagre do destino, com uma herdeira que tivera o bom senso de morrer após perceber o que havia feito. De forma pouco generosa, Nicola sempre imaginara que a pobre mulher rolara na cama numa manhã qualquer, avistado o marido e batido as botas imediatamente. De qualquer modo, a falecida deixara para o sem-graça do Norbert toda a fortuna, com exceção do que ficara estabelecido como herança para o único filho dos dois, Harold.

O verdadeiro mistério obviamente era por que a pobre mulher tinha escolhido Norbert Blenkenship, para começo de conversa. Lorde Renshaw era notavelmente pouco atraente. Durante os dezesseis anos que o conhecia, Nicola jamais o vira sorrir. Nem mesmo uma única vez. Os lábios finos pareciam eternamente fixos numa expressão de reprovação, e ele tendia a se vestir nas cores sombrias de um agente funerário, apesar de a mulher ter morrido havia bastante tempo, muitos anos antes do nascimento de Nicola. Por causa disso, e das reclamações quase constantes em relação a tudo — desde a própria saúde até a situação do Império — a jovem lhe dera o apelido de Rabugento.

— Nicola — disse o Rabugento, com seriedade, apertando muito levemente os dedos da jovem. — Vejo que está com boa aparência... exceto por algumas sardas no nariz. Uma pena. Devia tomar mais cuidado. O sol pode destruir definitivamente a pele de uma dama. Ainda assim, deve se considerar sortuda por não ter sucumbido, como eu, a essa febre que tem tomado esta cidade miserável.

Como se quisesse enfatizar aquelas palavras, o homem tirou um grande lenço de linho do bolso do colete e assoou o nariz ruidosa e longamente, levando Nicola a se arrepender de ter lhe tocado as mãos, pois, sem dúvida, tinham estado nas proximidades de suas narinas por bastante tempo.

Enquanto Lorde Renshaw tinha uma crise, Nicola se voltou para o filho, Harold Blenkenship — ou Almofadinha, como a jovem preferia se referir a ele, embora nunca diretamente, é claro. Harold, um dândi de primeira, sempre encontrava tempo para se inteirar das modas mais elegantes e atuais, por mais horrorosas que lhe ficassem. No entanto, raramente tinha tempo de fazer melhorias similares em seu modo de pensar taciturno e carrancudo. Naquele dia, o Almofadinha vestia um colete de veludo num tom verde-amarelado pouco convencional e calças combinando. Na opinião de Nicola, estava absolutamente horroroso. Contudo, o rapaz não parecia se dar conta disso conforme se ajeitava diante de um espelho no outro lado da sala.

— Bom dia, Harold — disse ela ao primo. — Como vai?

O Almofadinha abandonou sua autoinspeção de modo despreocupado e, então, parou tão abruptamente quanto se tivesse sido atingido por alguma coisa ao olhar para Nicola. Ela demorou um instante para notar o que o surpreendera daquela forma. Estivera acostumado a vê-la de tranças. Era a primeira vez que o Almofadinha a via com o cabelo devidamente penteado como o de uma dama. Parecia que ia desmaiar com o choque. Nicola não teria ficado surpresa. Certa vez, numa visita à Abadia Beckwell, o rapaz tinha desmaiado ao se deparar com um bezerro de duas cabeças que havia nascido, e sobrevivido brevemente, em uma das fazendas próximas. Embora tivesse apenas 6 anos na ocasião, a jovem achara o comportamento do primo extremamente deprimente e o batizara em segredo de Almofadinha enquanto ele ficara descansando em meio ao feno e ao estrume do celeiro, gemendo até o fazendeiro McGreevey lhe jogar um balde de água do cocho na cabeça e reavivá-lo.

— Ni-Nicola — gaguejou ele, encarando-a como se ela também tivesse duas cabeças. — Eu... eu...

Como parecia pouco provável que ela conseguisse extrair qualquer comentário sensato de Harold, Nicola se voltou novamente para o tutor e disse, educadamente:

— Não que eu não esteja feliz por vê-lo, Lorde Renshaw, mas preciso sair em breve para uma festa. — Aquilo era uma mentira, pois a festa seria apenas algumas horas mais tarde, no entanto, como achava pouco provável que o Rabugento já tivesse sido convidado para uma festa diurna alguma vez na vida, duvidava de que soubesse a que horas costumavam começar. — A que devo a honra desta visita?

Lorde Renshaw tinha guardado o lenço e pigarreou diversas vezes antes de responder:

— Ah, sim. Sim. Bem, veja, Nicola, uma coisa maravilhosa aconteceu.

— É mesmo? — A jovem ergueu as sobrancelhas e olhou do Rabugento para o herdeiro. Não tinha ideia do tipo de acontecimento que Lorde Renshaw acharia maravilhoso, mas, considerando o quanto ele era terrivelmente entediante, imaginou que fosse simplesmente dizer a ela que havia uma liquidação de lã merina na Casa Grafton.

— E o que é, milorde?

Então Lorde Renshaw fez algo tão fora do comum que Nicola, em choque, até se esqueceu de manter os ombros eretos e a cabeça erguida. Afinal, pela primeira vez ao longo de todos os anos que o conhecia, o Rabugento, de fato, sorriu.

— Recebemos uma oferta, minha querida — informou ele. Não era um sorriso muito bom. Era quase o sorriso de um fantoche, como se houvesse alguém escondido puxando cordas invisíveis conectadas às laterais de sua boca, levando-as a se curvar para cima em vez de para baixo. Na verdade, era um sorriso meio assustador. Nicola se deu conta de que preferia que o Rabugento não sorrisse.

Ainda assim, perguntou cordialmente:

— Uma oferta, milorde? Como assim?

— Ora, pela abadia, é claro. — Para o horror da jovem, o sorriso ficou ainda maior. — Uma oferta para comprar a Abadia Beckwell.

Capítulo Três

— A Abadia Beckwell não está à venda.

Foi assim que Nicola respondeu ao estranho comentário de seu tutor sobre a proposta de compra para sua casa. *A Abadia Beckwell não está à venda.*

Era uma declaração simples, porém verdadeira. Analisando melhor, enquanto dançava com o Deus naquela noite no Almack, a jovem não podia imaginar uma resposta mais direta. *A Abadia Beckwell não está à venda.* Assunto encerrado.

Mas obviamente não havia sido encerrado. Porque o Rabugento falara e falara, explicando que ela seria louca se nem ao menos considerasse a oferta. Afinal, a abadia era uma estrutura pouco harmônica, em mau estado, que parecia tão velha quanto de fato era, e que infelizmente estava localizada a apenas 16 quilômetros de Killingworth — uma cidade na qual tinham descoberto carvão e que passara então a abrigar uma mina, e onde era possível ver uma nuvem cinza por vários dias, mesmo quando o céu estava limpo. Ela nunca receberia uma proposta melhor pela propriedade, já que a oferta de 12 mil libras era realmente muito generosa.

Ainda assim, apesar de malconservada e do azar de ter uma mina de carvão nas proximidades, a Abadia Beckwell era o lar de Nicola, e não somente seu, mas de Vovó e Pudim, assim como de meia dúzia de arrendatários.

— Mas a oferta é de 12 mil libras, Nicola — argumentara o Rabugento, animado, ou pelo menos tão animado quanto aparentava ao falar qualquer coisa, o que não era muito. — São 12 mil libras!

É claro que aquele valor era uma quantia assombrosa, considerando que ela mal tinha 100 libras ao ano para viver. Como o Rabugento rapidamente indicara, a jovem poderia passar o resto da vida confortavelmente apenas com os juros daquele dinheiro, caso o investisse sabiamente.

No entanto, Lorde Renshaw não entendera: a Abadia Beckwell não estava à venda. Assim como, acrescentara Nicola ao repetir aquilo, as terras onde a construção se erguia. Os fazendeiros dependiam dos pastos arrendados para as ovelhas. Onde as coitadas iriam pastar se não tivessem as terras da abadia?

— Ovelhas? — refutou o Rabugento quando ela havia levantado a questão. — Quem se importa com *ovelhas*? Sua tola, estamos falando de *12 mil libras*.

Nicola, nada feliz em ser chamada de tola, assim de forma tão direta, não conseguia entender o que o Rabugento tinha a ver com a decisão de vender ou não a propriedade. Não era como se fosse se beneficiar dos lucros, pois a abadia era da jovem. Em todo caso, com polidez — pois Madame instruíra severamente suas meninas de que a polidez era essencial a todas as conversas, sobretudo às desagradáveis —, a jovem informara a Lorde Renshaw que não tinha a menor intenção de vender, e que ele podia se desculpar em seu nome com o comprador em potencial.

Dizer que aquela mera declaração tinha provocado ira extrema no Rabugento seria diminuir e simplificar os fatos, assim como dizer que o Almack estava tão lotado quanto uma lata de sardinha naquela noite. Nicola chegara até mesmo a achar que ele ia lhe arrancar a cabeça. Por algum tempo, a jovem se concentrara em escutar o sermão do tutor, mas então tinha parado e começado a pensar em Lorde Sebastian e em seus olhos azul-esverdeados. Como era mais agradável pensar no Deus do que no Rabugento!

— Parece distante, Srta. Sparks.

A voz grossa que flutuou no salão de dança a despertou dos pensamentos. Ela olhou para cima e se deparou justamente com os olhos que se esforçara tanto para visualizar naquela manhã, durante o encontro desagradável com Lorde Renshaw. *Minha nossa!* De manhã, enquanto falava com o Rabugento, ela pensava apenas no Deus, e agora, ao dançar com ele, só conseguia pensar no Rabugento! Que coisa mais mórbida.

— Me desculpe, *de verdade* — lamentou Nicola, conforme esperavam a vez deles na fila da dança que se organizava ao lado. — Estava apenas pensando sobre meu tutor. Pela manhã ele me contou que alguém quer comprar a Abadia Beckwell.

— Ora, isso é uma coisa boa — declarou o rapaz, enquanto observava o salão, visivelmente já tendo esquecido os comentários que fizera mais cedo sobre precisar de ar fresco, afinal, apesar do ambiente lotado, parecia estar realmente se divertindo muito. — Não é?

Nicola não deu de ombros porque obviamente não seria digno de uma dama. Contudo, disse:

— Não vejo de que maneira.

— Ah, que pena. — O Deus estendeu o braço, porque era a vez deles na quadrilha. — Se a oferta não tiver sido boa o suficiente, precisa mesmo recusar. Como hoje no Tatt. Um sujeito tentou me vender um cavalo que dizia ser bom, mas até um cego veria a coluna torta do animal.

A jovem tentou explicar que o problema não era a proposta; era uma questão de *princípios*. Mas, pelo visto, o Deus não era capaz de se concentrar numa conversa séria enquanto também dançava, pois parecia meio confuso. Somente mais tarde, ao ver Eleanor chegar com a família aos salões, Nicola conseguiu dividir as preocupações com outra pessoa interessada de verdade e disposta a ouvir.

— Ai, Nicky, que terrível! — exclamou ela. — O Almofadinha também? O que ele vestia?

— Veludo verde-amarelado — contou Nicola, e então precisou esperar pacientemente até a amiga controlar o riso, para só depois continuar: — Mas simplesmente não entendo.

— Ah — retrucou Eleanor. — Eu sei. Verde-amarelado não fica bem em ninguém.

— Não — corrigiu a jovem. — Não sobre isso. Sobre a abadia. Por que alguém ia querer comprar a Abadia Beckwell? Não faz sentido.

— Ainda assim, são 12 mil libras. — Eleanor balançou a cabeça. — É muito dinheiro, Nicky.

Nicola encarou a amiga como se tivesse sido apunhalada.

— *Até tu, Brutus?* — comentou ela.

Eleanor, no entanto, apenas pareceu confusa.

— Ah, Eleanor — lamentou Nicola. — É de Júlio César. Não lembra? Acabamos de estudar a peça semestre passado!

A jovem sacudiu a cabeça.

— Como consegue falar de imperadores romanos num momento como este? Esse dinheiro pode lhe proporcionar novas luvas rendadas por anos e anos, Nicky.

Naquele instante, o Deus se aproximou com dois copos de ponche e deu um a Nicola.

— Aí está você, Srta. Sparks — disse ele. — É uma bebida horrível, mas tem seu efeito.

Ao reparar no olhar de parabéns da amiga, Nicola apenas sorriu e bebeu um gole do ponche. Talvez não devesse ficar tão infeliz. Afinal, lá estava ela, tomando ponche com o homem mais atraente do salão.

Ainda assim, achava um pouco frustrante como ninguém — *ninguém* — entendia o que estava sentindo. Pensava consigo mesma: *Talvez eu esteja sendo infantil. Quero dizer, realmente preciso de dinheiro mais do que as ovelhas precisam de grama. E poderia usar uma parte dos 12 mil para, enfim, acomodar Vovó e Pudim em um lugar confortável*. Eleanor respirou fundo, interrompeu os pensamentos da amiga e lhe deu uma cotovelada nas costelas, quase fazendo Nicola derrubar o ponche na divina camisa branca do Deus.

— Olhe — sibilou Eleanor, observando o outro lado do salão com uma expressão de choque. — Ele está aqui!

Nicola, presumindo que *ele* queria dizer o príncipe de Gales — afinal não podia ser o Deus porque ele estava bem ali —, ergueu uma mão e a passou pelo penteado para se certificar que as fitas não tinham saído do lugar. Ela sabia bem que não poderia, de jeito algum, conhecer o príncipe de Gales com as fitas frouxas no penteado. Ai, se pelo menos tivesse conseguido um pouco de pó para o rosto! Aquelas sardas seriam seu fim.

Mas então a jovem viu que não era de forma alguma um príncipe que cortava caminho pelo público para se dirigir a elas.

— Que desagradável — murmurou, irritada, conforme o Almofadinha caminhava decididamente até as duas.

De repente Nicola voltou a se lembrar da visita mais cedo naquele dia: após o Rabugento se despedir — numa onda de reprovação — e sair da sala batendo os pés, Nicola ficara sozinha com o filho deplorável do primo.

Depois de ter aparentemente recuperado a habilidade de fala que havia perdido ao vê-la sem tranças, o Almofadinha tinha perguntado, de modo subserviente:

— Estará no Almack hoje à noite?

— Claro — respondera ela, um pouco surpresa. Após o ocorrido no estábulo, o rapaz raramente, ou nunca, ousava se dirigir a Nicola. Na verdade, pelo que a jovem podia lembrar, era a primeira vez em nove anos que ele falava algo além de olá e adeus.

No entanto, seu espanto simplesmente quadriplicara quando, em seguida, o Almofadinha lhe deu um sorriso (que provavelmente alguém lhe garantira ser charmoso, mas que, na realidade, se revelou absolutamente estranho) e depois pediu:

— Então pode reservar a primeira dança para seu primo?

Por pouco Nicola não havia perguntado, curiosa: "Que primo?", antes de se dar conta de que Harold se referia a *ele mesmo*. O Almofadinha! O Almofadinha, que sempre a olhara com nada além de desprezo e reprovação pelo que chamava de jeito moleque — Nicola, na infância, amava brincar na terra e escalar árvores —, tinha realmente pedido que ela lhe reservasse uma dança! Que tipo de delírio o consumira, por um momento que fosse, para que sequer considerasse dançar com Nicola, uma pessoa que sempre detestara abertamente, sobretudo depois de a jovem ter testemunhado o famoso episódio do desmaio?

— Ah... Er... Hmm... — gaguejara ela, totalmente incapaz de pensar num modo de responder. Não estava acostumada a homens desprezíveis convidando-a para dançar horas e horas antes de o evento de fato acontecer.

Então, com uma onda de alívio, tinha se lembrado do deus e ficara feliz por poder replicar, recatada e verdadeiramente:

— Ai, sinto *muito*, Harold. Mas minha primeira dança da noite já está prometida.

Ele começara a demonstrar uma certa insegurança. Visivelmente acreditara que Nicola agarraria a chance de dançar com um rapaz tão bem-apessoado e estiloso quanto ele. Que mulher não iria?

Mas, em seguida, o Almofadinha havia conseguido reunir forças suficientes para falar:

— A última dança, então?

Que o Senhor abençoasse o visconde. Ele era *mesmo* um deus.

— Mas que azar, Harold — informara Nicola, com um sorriso gentil. — Essa também está comprometida.

A expressão que tomou conta do rosto de furão do Almofadinha era inédita para Nicola. Pois era a primeira vez que a jovem vislumbrava aquele brilho no rosto do primo. Aparentemente era determinação.

Ela deveria ter imaginado qual seria a próxima pergunta. Ainda assim, ao ouvi-la, de fato, a jovem ficara surpresa. Para alguém que facilmente desmaiava, o Almofadinha era terrivelmente persistente.

— A dança Sir Roger então? — pedira Harold, num tom enganosamente gentil.

Nicola não podia acreditar. Ele a tinha dobrado! Porque, se a jovem afirmasse que a dança Sir Roger de Coverley — um tipo barulhento de quadrilha que era *de rigueur* nos bailes de toda a Inglaterra e até mesmo, ela imaginava, do continente — já estava prometida e então ficasse, como ocorria de vez em quando, sem um parceiro, o primo saberia que havia mentido. Sem escolha, a jovem respondera:

— Será um prazer, Harold.

Então, lá vinha ele, tirá-la para a dança Sir Roger, cujos primeiros acordes a orquestra já começava a tocar. E, por mais que tivesse trocado o veludo verde-amarelado por trajes de noite bem-cortados, ainda eram de um tom berinjela chocante, que só realçavam a palidez da... bem, da pele branca e leitosa.

— Ai, tadinha de você. — Nicola ouviu Eleanor murmurar, e, em seguida, se deparou com Harold, exsudando aquela *almofadês*.

— Nicola — cumprimentou o rapaz, curvando-se exageradamente diante dela, de modo que o rosto quase roçou na altura dos joelhos das calças roxas. — Está excepcionalmente bela esta noite.

A jovem sentiu as bochechas corando, e não devido à falta de ventilação do local.

— Boa noite, Harold — respondeu ela, desejando que tivesse usado tranças em vez do cabelo preso naquela manhã, somente uma vez. Estava convencida de que aquilo teria feito toda a diferença na nova atitude do primo.

Acrescentando à mortificação de Nicola, o Deus encarava o Almofadinha com as sobrancelhas levemente erguidas e com uma expressão incrédula, como se não conseguisse decidir o que pensar do sujeito de terno roxo. Ela não o culpava. A própria Nicola jamais soubera o que pensar a respeito de Harold.

— Vamos? — perguntou ele, esticando uma mão quase tão pálida e fina quanto a dela.

Conforme Madame Vieuxvincent instruíra suas pupilas, uma dama sempre aceitava o inevitável com graciosidade. Portanto, Nicola fechou os olhos, pois não achava que poderia suportar aquilo de outra forma, e ergueu a mão para apoiá-la na mão do Almofadinha...

...então sentiu um aperto quente e confiante demais para ser Harold lhe segurando os dedos.

Abrindo as pálpebras, a jovem se viu encarando os olhos brilhantes e cor de avelã de Nathaniel Sheridan.

— Nicky — disse o irmão de Eleanor, em tom de repreensão. — Não posso deixá-la sozinha por dois minutos sem que você ceda minhas danças a outro, não é?

Nicola estava tão surpresa que não sabia o que responder. Que história era aquela sobre ceder danças? Nathaniel não lhe pedira para guardar uma dança.

O Almofadinha parecia tão confuso quanto ela.

— A Srta. Sparks prometeu essa manhã que dançaria o Sir Roger *comigo*, senhor — murmurou ele, indignado, ao fitar Nathaniel, que era mais ou menos um palmo e meio mais alto que Harold.

— Bem, a Srta. Sparks a prometeu a *mim* na semana passada — retrucou o rapaz.

E, sem dizer mais nada, ele a puxou para o salão de dança, onde se juntaram a um grupo de casais.

Nicola demorou alguns instantes a fim de se recompor e perguntar o que havia passado pela cabeça do rapaz para que atropelasse o primo daquela maneira. As anfitriãs do Almack eram bem mais rigorosas que Madame Vieuxvincent e não tolerariam nenhuma discussão entre convidados, especialmente com relação a danças e parceiros de dança. Ai da menina que concordasse com uma valsa — a ousada nova dança do continente — sem a permissão direta de uma das anfitriãs. E ai da jovem que recebesse uma reclamação por conta de um cavalheiro atropelar outro. Se o Almofadinha comentasse algo a respeito com alguém, ela acabaria numa encrenca imensa.

— Não precisa ficar toda agitada. — Foi tudo que Nathaniel disse, no entanto. — Não é como se *quisesse* dançar com ele. Ele parece uma uva vestindo aquela cor, oras.

— Ainda assim — respondeu Nicola, rispidamente. — Não tinha o direito de...

— Viver com os Bartholomew — continuou o rapaz, como se ela não tivesse falado nada — certamente não ajudou a adoçar seu humor.

— Eu poderia me encrencar se...

— Não a ouvi protestando muito — lembrou Nathaniel, e a jovem precisou admitir que aquilo era realmente verdade. Dançar com qualquer um, até mesmo alguém que odiava poesia, como Nathaniel Sheridan, era preferível a dançar com o Almofadinha. — Além disso, ele não vai contar a ninguém — declarou ele, confiante.

Nicola olhou por sobre o ombro para o primo, que espumava furioso num canto do salão.

— Como sabe? Não me diga que *Harold* também estava em sua faculdade de Oxford.

O rapaz sorriu. Perturbada, ela notou que, quando Nathaniel sorria, era quase tão bonito quanto o Deus. Foi uma descoberta muito infeliz, pois ela estava decidida a odiar o irmão de Eleanor por causa de sua atitude negativa com relação a Lorde Byron... sem falar dos remadores.

— Claro que não — respondeu ele. — Digamos apenas que conheço o tipo.

Nicola achava que o tipo do Almofadinha era facilmente perceptível pelo modo como estava se comportando naquele exato momento. Harold caminhara batendo o pé até a mesa de comidas e enchia a boca de doces enquanto olhava raivoso na direção da jovem. Ele se comportava exatamente do mesmo modo que fazia quando os dois eram bem mais novos e Nicola se recusava a brincar com o primo devido à tendência do menino de dar um chilique sempre que ela vencia. Só que naquela época ele teria se empanturrado do bolo de Vovó.

— Como acabou concordando em dançar a Sir Roger com Harold Blenkenship? — indagou Nathaniel.

Esquecendo-se de que estava irritada com ele por seu desdém pela poesia, Nicola se viu descrevendo — sempre que a dança permitia que eles se aproximassem o bastante para conversar — o encontro daquela manhã com o Rabugento.

— Você não vai vender, não é? — perguntou o rapaz, quando se colocaram um em frente ao outro na dança.

Apesar de toda a antipatia que tinha por ele, Nicola quis dar um beijo em Nathaniel Sheridan. Era a primeira pessoa que reagia àquela notícia como ela.

Embora obviamente não pudesse agir de forma impulsiva. Em primeiro lugar, porque seria absurdamente escandaloso ser flagrada beijando alguém no Almack. Além disso, a jovem estava apaixonada por Sebastian Bartholomew, que provavelmente não iria gostar de vê-la beijando outra pessoa. Ou, pelo menos, era o que ela esperava.

— É claro que não — respondeu ela, indignada. — Nunca iria vender. Mesmo que *seja* por 12 mil libras.

— Provavelmente foi por essa razão que seu pai deixou a propriedade para você — comentou Nathaniel. — Não queria que a terra fosse dividida, e sabia que seu tio não hesitaria em fazer isso.

— Ele não é meu tio — retorquiu Nicola, por costume.

Mas havia algo a respeito do que Nathaniel dissera. Era bastante incomum deixar apenas o título, sem as terras, para um herdeiro. Será que tinha sido por isso que o pai fizera um testamento tão estranho? Porque não confiava no primo Norbert? Nicola não o culpava por aquilo: ela mesma também não confiava em Norbert Blenkenship.

— A verdadeira questão — continuou Nathaniel — é: por que alguém estaria disposto a pagar tanto por algo que, pelo que você descreveu, é uma propriedade absolutamente comum.

— É verdade — concordou ela. — De fato, a abadia não tem muito a seu favor. — Então, com outro surto de irritação, acrescentou: — Mas é mesmo muito desumano do Rabugento querer que eu a venda. A Abadia Beckwell é tudo que tenho.

Nathaniel, que não fora educado por Madame Vieuxvincent e, portanto, não se sentia culpado ao fazer aquilo, deu de ombros.

— É mais que isso, não? — perguntou ele, baixinho.
— É sua casa.
Ele estava certo. A Abadia Beckwell *era* a casa dela. Nicola jamais tivera outra. A jovem apreciara o tempo com Madame Vieuxvincent e sempre amara se hospedar nos Sheridan. E certamente era agradável viver com os Bartholomew. Mas a Abadia Beckwell era, e sempre seria, seu lar.

Com uma explosão de sentimento, ela recitou:
— "Viajei entre homens desconhecidos, em terra de além-mar; Não, Inglaterra! Não sabia até então, quanto amor tinha por ti!"

Nathaniel a fitou com uma expressão de sofrimento.
— Seria pedir muito — disse ele — que deixássemos Wordsworth de lado durante a dança Sir Roger?

Embora tivesse sacudido a cabeça arrogantemente ao ouvir aquilo, Nicola não pôde deixar de pensar, com uma pontada de dor, que, por mais ódio que dispensasse aos poetas, pelo menos Nathaniel os conhecia...

E ela começava a achar que aquilo era mais do que podia dizer de Lorde Sebastian.

Mas então a música terminou e o Deus veio reivindicar a última dança. E, ao ver os belos olhos azuis do rapaz, Nicola se esqueceu de todos aqueles pensamentos desleais. Afinal, não o apelidara de Deus à toa.

Capítulo Quatro

— Papai! — exclamou Lady Honoria Bartholomew, pulando um pouco no assento da carruagem, o que teria chocado Madame Vieuxvincent, pois ela havia sido muito rígida em relação a isso, declarando não ser, absolutamente, comportamento digno de uma dama. — Para onde estamos indo? Conte logo.

Lorde Farelly, no entanto, apenas sorriu e respondeu:
— Mas, se eu contar, não será uma surpresa.

A jovem soltou um leve grito de frustração — Madame Vieuxvincent também tinha opiniões bem fortes sobre damas que gritavam por qualquer coisa além de um rato de vez em quando —, então se virou para Nicola, sentada a seu lado.

— Ele não é a pessoa mais cansativa de todas? — indagou ela. — Não está *morrendo* de curiosidade para saber aonde estamos indo?

Girando a sombrinha branca de rendas — Madame jamais dissera algo contra giros — que usava para se proteger do cruel sol do meio-dia, Nicola simplesmente deu um sorriso e afirmou:

— De fato.

A verdade era que estava quase tão empolgada quanto Honoria. Lorde Farelly costumava passar pouco tempo em casa durante o dia. Sem saber muito a respeito de figuras paternas, pois não tinha lembranças do próprio pai, Nicola imaginava que o conde devia ir ao clube, onde londrinos nobres e ricos aparentemente passavam suas horas de lazer. Honoria também mencionara que o pai era dono de um escritório na Bond Street, embora ela não tivesse muita certeza do que ele fazia por lá.

Portanto, quando aquele senhor apareceu, logo antes do almoço, anunciando que tinha uma surpresa para todos. Foi um grande choque.

Ainda assim, Nicola estava decidida a não demonstrar empolgação. Pelo menos não iria gritar e, sem dúvida, não iria se balançar conforme a carruagem aberta dos Bartholomew seguia pelas ruas lotadas de Londres em direção a um local ainda desconhecido. Isso porque o Deus ia trotando bem ao lado da carruagem — ele quisera aproveitar a oportunidade para esticar as pernas da nova montaria. Então Nicola estava se empenhando em parecer calma e controlada... o que era uma dificuldade devido ao calor de verão. Pelo menos a sombrinha ajudava um pouco.

A jovem tinha certeza de que estava com uma aparência muito boa, pois usava seu segundo melhor vestido branco de musselina, no qual passara a semana toda costurando miosótis azuis na bainha. Ela também prendera fitas do mesmo tom no chapéu de palha branco. Por mais que os trajes tivessem custado uma fração do figurino de Lady Honoria, Nicola sabia que estava tão estilosa e elegante quanto a amiga. E, como vinha sendo supercuidadosa em manter o rosto na sombra, até as sardas pareciam finalmente esmaecidas.

— Ah, agora sei para onde estamos indo — declarou Honoria, olhando ao redor. — Para Euston Square.

Lady Farelly olhou em volta sem entusiasmo. Ela relutara em ir, pois não gostava de perder o almoço e, além disso, tinha horário marcado na costureira mais tarde naquele mesmo dia. Para a senhora, Londres começava e terminava em Mayfair, e qualquer coisa fora daquela região era simplesmente entediante.

— Espero, Jarvis — disse ela ao marido —, que para onde quer que estejamos indo, não haja macacos. Sabe como me sinto em relação a macacos.

Lorde Farelly riu cordialmente e garantiu à esposa que não precisava ter medo.

Então a carruagem parou na praça, ao lado de um aglomerado de pessoas em torno de alguma coisa que Nicola não conseguia enxergar. Mas os outros pareciam saber o que era, pois Lorde Sebastian, descendo da montaria, riu e comentou:

— Bom espetáculo, pai.

Nicola apenas conseguiu ver o que era a surpresa quando passaram pelo grupo de pessoas reunidas — com o Deus muito atenciosamente acompanhando a irmã e ela, enquanto Lorde Farelly e a esposa seguiam atrás. Em seguida Nicola se deparou com uma visão muito curiosa. Um caminho circular fora montado na grama e, sobre ele, numa das extremidades do círculo, estava uma máquina monstruosa, com um corpo em forma de barril e uma chaminé sobressalente. Na parte de trás, havia diversas caixas baixas, mais ou menos do tamanho de carroças de pôneis, às quais tinham sido acopladas rodas, por sua vez apoiadas no trilho de metal. Ao reconhecer aquilo de imagens que vira, Nicola arquejou.

— Ora! — exclamou ela. — É uma locomotiva!

— De fato — respondeu Lorde Farelly, radiante. — Não está surpresa? Isto não é divertido, querida?

A expressão de Lady Farelly sugeria que ela teria preferido que a surpresa fosse champanhe e morangos em Vauxhall. Contudo, a mulher conseguiu dar um pequeno sorriso e comentar:

— Muitíssimo, querido. — Não era segredo algum que ela achava a obsessão do marido por locomotivas quase tão terrível quanto macacos.

Nicola, no entanto, estava bem impressionada. Jamais vira uma locomotiva antes. Ela sabia que uma vinha sendo usada para transportar carvão na mina próxima à Abadia Beckwell, mas nunca a tinha visto. E, naquele instante, uma estava bem diante de si, a menos de 2 quilômetros do centro de Londres!

— Chama-se *Pegue-me quem puder* — informou Lorde Farelly, orgulhoso, como se ele mesmo tivesse construído o trem. — Um homem chamado Trevithick o montou. E vejam. — O conde indicou com o dedo. — Ele nos permite ocupar um assento no trem. Um xelim por pessoa cada viagem.

Nicola arquejou ao ver diversas pessoas rindo, animadas, enquanto ocupavam seus lugares nos pequenos carros. Um minuto depois, o motor emitiu um ronco, e então, soltando fumaça branca pela chaminé e fazendo um som horrível, a locomotiva começou a puxar os carros em volta dos trilhos. As pessoas sentadas nos carros riam e acenavam para o público que assistia. Estavam seguindo bem depressa, mais ou menos no ritmo de um cavalo trotando com rapidez, e a velocidade aumentou ainda mais ao darem a volta.

— Ah! — exclamou a jovem. — Podemos andar também, Lady Farelly? Podemos?

A mulher pareceu chocada.

— É claro que não! — retrucou ela. — Que ideia!

Um pouco irritada com aquilo, Nicola indicou as pessoas conforme passavam no trem.

— Mas veja, Lady Farelly. Há crianças. Parece perfeitamente seguro.

A senhora bufou delicadamente.

— Seguro — comentou ela. — Mas nada respeitável.

— Duvido muito — concordou Honoria — que Madame Vieuxvincent aprovaria, Nicola.

Embora aquilo certamente fosse verdade, Nicola não pôde deixar de ficar um pouco decepcionada. O *Pegue-me quem puder* parecia tão divertido! Ela realmente queria andar no trem.

Sentindo um olhar sobre ela, a jovem afastou os olhos da pequena locomotiva e se deparou com o Deus, que a fitava.

— Quer mesmo andar, Srta. Sparks? — perguntou ele, levemente entretido.

— Ah, sim! — respondeu Nicola, entusiasmada.

Lorde Farelly procurava algo no bolso

— Felizmente — disse ele —, tenho alguns xelins sobrando.

Lady Farelly encarou o marido seriamente.

— Jarvis! — repreendeu ela. — Não pode estar falando sério.

Mas o conde apenas ergueu os ombros, parecendo docemente encabulado.

— Em alguns anos, todos estaremos atravessando o país nessas máquinas, como se não fosse nada, Virginia — explicou ele. — É só uma questão de tempo.

— Eu não estarei — replicou Lady Farelly, estremecida.

Nicola lançou um olhar suplicante à senhora.

— Por favor, milady — implorou ela. — Olhe, está parando. Se formos agora, podemos pegar um lugar na próxima volta.

Lady Farelly olhou para o céu; o que era um indício, Nicola já aprendera no curto tempo hospedada com os Bartholomew, de que ela iria ceder.

— Bem, se quer mesmo ir, creio que não possa impedi--la — concordou a senhora, com infelicidade. Em seguida, conforme o Deus pegava a mão de Nicola, pois estava ansioso para que entrassem na fila já se formando para a próxima volta do *Pegue-me quem puder,* ela acrescentou, estridentemente: — Mas, se essa coisa descarrilar e sair desgovernada pela multidão e matá-la, não me venha choramingar!

Animada, a jovem se apressou — mas sem correr, porque uma dama, é claro, jamais corria, pelo menos não em público — para garantir um lugar na fila, com o Deus seguindo tranquilamente a seu lado. Na luz dourada do sol, ele parecia ainda mais belo; tão belo, na verdade, que Nicola estava bem consciente, ao passar pelas pessoas em torno da pista, dos olhares invejosos das jovens de sua idade... Meninas cujas mães não tinham permitido que elas andassem no *Pegue-me quem puder* e que não tinham um acompanhante tão charmoso quanto ela.

Realmente, pensou Nicky. *Estou mesmo sendo levada pela vida, como sementes ao vento, finalmente. De fato, sou a menina mais sortuda do mundo!*

Justamente ao pensar aquilo, uma voz chamou seu nome. Virando-se, Nicola se deparou com Eleanor Sheridan e o restante da família da amiga, parados, próximos à fila do *Pegue-me quem puder.*

— Nicky, o que está fazendo aqui!? — exclamou a jovem, parecendo agradavelmente surpresa ao vê-la. — Não me diga que *você* vai andar nessa coisa!

— De fato, vou sim — declarou ela, animada. — Lady Farelly disse que eu podia.

Lady Sheridan, que estava atrás da filha, lançou um olhar de julgamento na direção de Lady Farelly.

— Ah, disse mesmo? — perguntou ela.

Mas, provavelmente porque Lorde Sebastian estava ali, a mulher não falou mais nada, exceto:

— Fico feliz por ver que meus filhos não são os únicos a perder totalmente a cabeça por conta desse negócio de ferrovia.

Nicola sorriu para o jovem Phillip, que estava na fila atrás da amiga e ao lado de Nathaniel.

— Não está com medo? — perguntou ela ao Sheridan caçula.

Como tinha esperado que ele fizesse, o menino zombou:

— Medo? — repetiu ele, depreciativamente. — De quê? *Disso?* — acrescentou o garoto conforme o motor se aproximou e os passageiros anteriores começaram a descer dos carros, parecendo os mesmos depois de viver a aventura. — De jeito algum!

Todos riram — exceto Nathaniel, que apenas olhou firmemente e com uma certa hostilidade na direção de Lorde Sebastian. Nicola considerou aquilo bem desnecessário. Nossa, pensou ela, como era ridícula essa antipatia que o irmão de Eleanor nutria pelo Deus, simplesmente porque ele por acaso gostava de remar e era, ao que tudo indica, muito bom naquilo. Os dois rapazes tinham muito em comum, sendo ambos os primogênitos e tendo estudado em Oxford. Era de se esperar que fossem amigos.

Mas Nicola logo deixou de lado a preocupação quanto aos irmãos das duas amigas serem amigos também ao ouvir o grito do homem que operava o *Pegue-me quem puder*:

— Pró-xi-mo!

Após entregar os xelins que o pai lhe dera, Lorde Sebastian ajudou Nicola a entrar em um dos carros. Ao abaixar-se para sentar no banco de madeira, a jovem reparou que Eleanor permanecia de pé enquanto os irmãos ocupavam os assentos no carro atrás de Nicola. Então ela perguntou:

— Você não vem?

Com um rápido olhar na direção da mãe, que franziu o rosto em resposta, a menina balançou a cabeça.

— Não posso com este vestido — explicou, passando os dedos na seda clara da saia. — Parece indecente demais para mim.

Nicola apenas teve tempo de lançar um olhar rápido para o próprio vestido, com a barra de flores recém--costurada, antes de o homem nos controles gritar:

— Segurem-se!

Mesmo com o aviso, quando o *Pegue-me quem puder* impulsionou para a frente, o movimento sacudiu a jovem com tanta violência que sua cabeça foi lançada para trás e Nicola teria perdido o chapéu caso não tivesse jogado ambas as mãos para cima a fim de segurá-lo.

— Você está bem? — perguntou o Deus, preocupado, colocando um dos longos braços nas costas do banco da jovem.

Surpresa ao sentir o braço do Deus envolvendo seus ombros, Nicola ergueu o olhar e ficou ainda mais perplexa ao ver o quanto o rosto de Lorde Sebastian estava próximo ao dela. Ora, dava para ver cada cílio! Eles eram de um encantador tom castanho-dourado.

Em seguida o carro se moveu de novo, e dessa vez a cabeça de Nicola foi arremessada para a frente. O corpo inteiro, na realidade, poderia ter sido lançado do assento caso o forte braço de Lorde Sebastian não a tivesse segurado tão firmemente.

Então, antes que ela pudesse dizer qualquer coisa, eles partiram.

O primeiro pensamento da jovem foi, *Eleanor está errada*, porque a saia branca de musselina permanecia perfeitamente intocada. O que obviamente se devia ao fato de a nuvem branca da chaminé em frente não ser fumaça, e sim vapor. A máquina do Sr. Trevithick usava água e ferro em brasa para se mover. Era incrível como algo tão simples quanto vapor podia criar uma reação tão forte. O barulho do motor que os acompanhava era bastante emocionante.

Além disso, a brisa no rosto de Nicola era deliciosamente refrescante. E como era agradável passar com rapidez pelas pessoas reunidas em torno da pista, ver os rostos chocados e encantados ficando para trás. Ela jamais se movera naquela velocidade — a jovem podia ouvir Phillip atrás dela, gritando que deviam estar a quase 20 quilômetros por hora. Certamente era o passeio mais empolgante que ela já fizera.

E isso se devia, em grande parte, ao braço forte e quente lhe envolvendo os ombros. Ora, Lorde Sebastian a segurava como se ela fosse algo extremamente frágil, ou até mesmo precioso! Nicola podia sentir o coração do Deus batendo contra seu braço. Era a sensação mais maravilhosa do mundo. Com certeza aquilo significava — não podia significar outra coisa, não é? — que ele gostava de Nicola. Mas que isso até; que a amava. Tinha que significar isso! Simplesmente tinha!

Rápido demais, o *Pegue-me quem puder* ficou sem vapor e parou. Rindo muito e sentindo grande admiração pelo Sr. Trevithick, os passageiros desceram dos carros. Alguns — como o jovem Phillip Sheridan, que tinha gostado imensamente do passeio — correram imediatamente de volta para a fila, com mais um xelim na mão. Outros, como Nicola e o Deus, comentaram com eloquência a respeito da experiência magnífica que tiveram. Outros ainda, ela não pôde deixar de notar, permaneceram ali, olhando com desaprovação. Ou pelo menos era o que Nathaniel Sheridan fazia.

Imagino que seja por não considerar apropriado que meninas andem no trem, pensou Nicola, com amargura. Bem, ela daria uma lição nele. Iria andar mais uma vez, igual a Phillip...

Contudo, no momento que abriu a bolsa para procurar outro xelim, Honoria correu até ela com os pais.

— Nicola! — gritou ela. — Como foi?

A jovem respondeu, alto o bastante para se certificar de que Nathaniel a ouvisse, que tinha sido absolutamente incrível e que queria ir de novo.

Ao ouvir aquilo, Lorde Farelly começou a gargalhar bem alto.

— Viu? — comentou ele com a esposa. — Viu, Virginia? Eu disse. Ainda vamos torná-la uma entusiasta das ferrovias, Srta. Sparks.

— Ah, acredito que já seja, Lorde Farelly. Diga, acha mesmo que eles terão máquinas assim por toda a Inglaterra um dia? — perguntou ela, com olhos brilhantes.

— Com certeza. — O conde, que era um homem robusto, lançou um braço nos ombros dela e outro nos da filha, aproximando as duas do colete verde de veludo que usava e lhes dando um enorme abraço de urso. — Por toda a Inglaterra, por todo o continente... quem sabe até por todo o mundo. Aqueles que veem os trens meramente como ferramentas úteis para carregar carvão e madeira não pensaram o suficiente sobre o assunto. A carga mais preciosa que existe pode ser transportada com segurança e rapidez por ferrovias.

Enquanto sentia o chapéu ser amassado pelo abraço do Lorde Farelly, Nicola trocou um olhar cômico com Lorde Sebastian, que sorria próximo a ela.

— Carga preciosa? — repetiu ela. — Quer dizer diamantes?

— De forma alguma. — Ele soltou as moças de modo tão repentino quanto as abraçara. — Pessoas, querida. Pessoas! Esta será a verdadeira vocação das ferrovias. Transportar pessoas para seus entes queridos que estão longe.

— Ah — respondeu Nicola, colocando alguns cachos que tinham escapulido do chapéu de volta no lugar. — Entendi.

— Se tiver terminado, Jarvis — interrompeu Lady Farelly, num tom de voz entediado —, podemos ir para casa? Quero muito comer a costela de cordeiro que você cruelmente me forçou a abandonar para acompanhá-lo neste pequeno... passeio.

O conde afirmou que eles podiam e iriam retornar à casa naquele momento. Então, após se despedirem educadamente dos Sheridan (com Nicola teimosamente evitando não só o sorriso de compreensão de Eleanor — superagitada com a forma como o Deus tinha colocado o braço ao redor da amiga —, como o olhar de quem entendera tudo de Nathaniel, que também testemunhara a cena bem de perto, pois estivera sentado no carro logo atrás do dela), o grupo dava meia-volta para ir embora justamente quando Honoria, observando a outra extremidade da praça lotada, exclamou:

— Veja, Nicola, aquele não é seu tio?

A jovem ficou levemente espantada ao ver o Rabugento, assim como o Almofadinha, olhando em sua direção. Os Blenkenship obviamente não estavam nem perto da fila para o *Pegue-me quem puder*, pois o Rabugento era velho demais para o passeio, e o Almofadinha, desanimado demais para sequer pôr os pés numa máquina como aquela. Mesmo assim, os dois visivelmente tinham ido observar as outras pessoas andando na geringonça... e Lorde Renshaw, em particular, não parecia muito feliz ao reparar que uma das cobaias do passeio era sua parenta.

Que desgosto! Será que Nicola não conseguia fazer nada que agradasse o infeliz?

— Ele não é meu tio. — Foi tudo que disse, mas levantou a mão para os cumprimentar, pois estavam longe demais para que os chamasse. Segundo Madame, damas jamais cumprimentavam alguém em voz alta do outro lado de uma praça pública lotada. O homem não respondeu ao aceno, mas o filho sim, um pouco ávido demais.

— Minha nossa, Nicola — comentou Honoria, pegando o braço da amiga conforme as duas caminhavam de volta à carruagem dos Bartholomew —, pelo visto o Sr. Blenkenship está caidinho por você.

A jovem demorou alguns segundos para entender o que Lady Honoria queria dizer. No entanto, ficou tão consternada ao compreender que parou de repente e lançou um olhar incrédulo à amiga.

— *Harold!?* — exclamou ela. — Ah, milady, só pode estar brincando!

— De jeito algum — respondeu Honoria, parecendo confusa. — Notei no Almack na outra noite também. Ele olha para você do jeito como... Bem, do jeito como papai olha para o *Pegue-me quem puder*. Acho que está apaixonado por você.

Nicola ficou contente por ter tomado café da manhã havia tanto tempo, caso contrário, certamente o teria vomitado. O Almofadinha! Apaixonado por ela! Impossível!

A jovem sacudiu a cabeça.

— Está errada. O Almof... Quero dizer, o Sr. Blenkenship apenas olha para mim porque está completamente enojado com minha falta de tino para os negócios. O pai quer que eu venda a casa de minha infância, sabia?

Mas Honoria continuava irredutível.

— Não vejo nojo nenhum quando ele olha para você, Nicola — comentou ela. — Diria que é exatamente o contrário. Eu o trataria com cuidado. Lembre-se do que Madame disse.

Sim, Nicola lembrava bem, pois Madame Vieuxvincent tinha sido bastante firme: não havia nada no mundo que pudesse denegrir mais a reputação de uma menina que uma fila de pretendentes desprezados.

Mas *Harold?* Apaixonado por ela? Certamente Lady Honoria estava imaginando coisas.

Com delicadeza, Nicola tocou o braço da amiga e disse:

— Eu o tratarei com cuidado, milady, pois você está pedindo. Mas posso garantir que meu primo não sente nada por mim.

De fato, a jovem tinha bastante certeza de que o Almofadinha não tinha capacidade para sentimentos verdadeiros. Afinal, que tipo de criatura deixava passar um passeio na pequena preciosidade que era o *Pegue-me quem puder*, como ele acabara de fazer?

Como a ideia era absolutamente ridícula, Nicola a afastou do pensamento... especialmente quando, na porta da carruagem dos Bartholomew, Lorde Sebastian lhe ofereceu uma das mãos para ajudá-la a subir. Naquele momento, a jovem foi tomada pela lembrança da sensação do braço forte do rapaz em seus ombros.

E então não conseguiu, por nada no mundo, pensar em qualquer outra coisa. Bem, quem conseguiria?

Capítulo Cinco

Lady Honoria realmente não tinha sido abençoada pela natureza — pelo menos não como o irmão. Seu rosto era visivelmente meio quadrado, e ela infelizmente possuía a mesma estrutura atlética e larga de Lorde Sebastian. Nicola sabia que aquilo não seria uma desvantagem — na realidade, poderia até favorecê-la, pois mulheres de grande estatura vestiam muito bem os vestidos de cintura alta que estavam na moda naquela temporada —, caso a moça não insistisse em adornar roupas e chapéus com enfeites de penas. Na opinião de Nicola, penas ficavam ridículas numa mulher com corpo grande. Lady Honoria precisava de cortes simples e clássicos para desviar a atenção dos ombros e cintura largos, atraindo-os para suas melhores características, que incluíam o cabelo loiro e pesado, verdadeiramente adorável, e os olhos maravilhosamente azuis.

Portanto, a jovem não precisava de penas, e sim de detalhes trançados e o mínimo de renda possível.

Contudo, convencer a amiga estava sendo bem difícil. Fazia quase um mês desde que Nicola se hospedara com os Bartholomew, e o auge da temporada se aproximava. Mas Honoria, diferentemente de boa parte das antigas alunas de Madame Vieuxvincent, ainda não havia recebido um único pedido de casamento. Não era incomum que uma menina como Nicola, com uma renda anual bem pequena e, ainda por cima, sardas, não tivesse sido notada por muitos dos bons partidos de Londres. Mas Lady Honoria? Ora, ela dispunha de quase 5 mil libras por ano! Com cara de cavalo ou não, era para ter pretendentes fazendo fila na porta... como Eleanor, que morava a apenas algumas ruas dos Bartholomew.

Só que Eleanor era obviamente linda... Além disso, como era uma grande amiga de Nicola havia muitos anos, tinha aprendido a se vestir. Penas em Eleanor, que era mignon, não teriam sido nem um pouco inapropriadas. Mas em Lady Honoria... eram um desastre! Nicola sabia que precisava tomar medidas drásticas. Então, certa manhã, pouco tempo após o passeio no *Pegue-me quem puder*, a jovem se colocou diante dos armários abertos de Lady Honoria, com uma expressão impiedosa no rosto e uma tesoura na mão.

— Terá que se livrar de todos — avaliou ela, por fim e com muita firmeza.

Aboletada em um banco de borla a alguns metros, Lady Honoria soltou um suspiro de lamento.

— Ah, Nicola! Não! Certamente não todos.

— Todos — retrucou a amiga, decidida.

Mesmo Charlotte, a aia francesa da Lady Honoria, que sabia instintivamente que o que Nicola dizia era verdade, não pôde deixar de soltar um gemido de desalento.

— *Alors* — disse a moça para Martine, a aia de Nicola que trouxera a tesoura. — Pagam muitas librra por cada vestido. São de Parri.

— É uma pena — comentou Nicola ao ouvir aquilo. — Mas não há nada que possa ser feito.

Em seguida, erguendo a tesoura, ela pegou a primeira monstruosidade de penas no armário da amiga e começou diligentemente a cortar o macio marabu.

— Vamos substituir isso por uma faixa com contas. Martine?

A criada de Nicola consultou uma caixa cheia de enfeites sortidos que a jovem tinha colecionado ao longo dos anos e sem a qual nunca ia muito longe.

— *Oui* — confirmou Martine, segurando uma fita de contas pretas. — Adorno pronto.

— Excelente. — Nicola jogou o vestido recortado para Charlotte. — Próximo.

Elas tinham percorrido quase metade do guarda-roupa da Lady Honoria quando uma empregada da casa bateu à porta e, após licença, anunciou:

— Um Sr. Harold Blenkenship está aqui para vê-la, Srta. Sparks.

— Que desgosto! — exclamou a jovem, pois esquecera totalmente que o Almofadinha havia escrito, pedindo permissão para levá-la a um passeio naquela manhã. Em circunstâncias normais, ela teria recusado o convite com a desculpa de que já tinha outro compromisso.

Infelizmente, no entanto, Nicola recusara cinco convites anteriores de Harold. Outra recusa poderia ser considerada um insulto. E ela já tivera que se desculpar repetidamente pela situação da dança Sir Roger.

Pois, por mais que não gostasse do Almofadinha, a jovem não queria magoá-lo. Madame sempre fora muito clara com relação a uma coisa: podemos descartar amigos como descartamos luvas, mas não podemos fazer isso com a família. É melhor não criar caso com parentes, afinal a convivência será de bastante tempo.

— Tenho que ir — afirmou Nicola, passando a mão no cabelo preso. Como era apenas o Almofadinha, obviamente não estava muito preocupada com a aparência. Ainda assim, aceitou o chapéu que Martine trouxera, um chapéu que ela modificara havia apenas um dia, enfeitando-o com seda verde para combinar com uma jaqueta que acabara de tingir da mesma cor. — Por favor, não toque em nada enquanto eu estiver fora — prosseguiu ela, com um olhar de advertência para Honoria. Nicola suspeitava que a menina poderia tentar salvar uma boá de pena ou outra, o que seria o fim, é claro. Nada ficava pior em uma dama com feições quadradas que penas no rosto. — Quando eu voltar, examinaremos o restante do guarda-roupa.

Lady Honoria não disse nada, somente olhou tristemente para os vestidos que Martine e Charlotte livravam da penugem.

Enquanto amarrava as faixas do chapéu num laço bem-feito sob o queixo, Nicola refletiu que era mesmo realmente difícil aprender que, por mais que se gostasse de penas, adornos não eram necessariamente nossos aliados. Isso era verdade com relação a muitas coisas, é claro, não só penas. O sol, por exemplo. Ela exibia sardas como prova. E havia muitas mulheres que experimentaram as desgraças do chocolate.

Ainda assim, se Lady Honoria pretendia casar com alguém apresentável, teria que se depenar. Ficava absolutamente ridícula com aquelas roupas.

E devia ficar verdadeiramente agradecida por aquilo ser tudo que teria que fazer para garantir um marido, ponderou Nicola. Muitas meninas precisaram sacrificar coisas bem piores. Como botas de salto alto.

Assentindo para Martine, que acenou de volta, conspiratória, Nicola se virou e desceu as escadas para encontrar o primo.

A jovem logo reparou que Lady Honoria não era a única pessoa precisando de consultoria de moda. O Almofadinha estava novamente causando sensação com uma roupa extravagante, dessa vez, calças de veludo cor de corça e um colete combinando. Por cima, vestia um paletó berinjela chocante. Nicola estava bastante consternada com a ideia de passear com Harold em Hyde Park, pois a elegante jaqueta verde que usava pareceria bem bizarra ao lado de todo aquele roxo.

— Nicola — disse o Almofadinha, com os olhos de porquinho iluminando ao cumprimentá-la. — Uma visão, como sempre.

Ela não estava acostumada a Harold chamando-a de visão. Assim como não estava acostumada ao primo a seguindo com o olhar, como Honoria havia afirmado e como Nicola, com o coração apertado, agora percebia. Desde que o rapaz a vira com o cabelo preso, ela tinha a impressão de que o Almofadinha passara a lhe dispensar mais atenção. O que era ainda mais esquisito quando se considerava que os sentimentos de Nicola por ele não haviam tido nenhuma mudança significativa. A jovem ainda o menosprezava tanto quanto antes. A situação toda era terrivelmente intrigante. Por que Harold não podia se apaixonar por uma menina que gostaria de sua atenção?, ponderou Nicola. Por que ele tinha que incomodar justamente a *ela*? Por que tudo tinha que ser tão *complicado*?

— Harold — disse ela, estendendo a mão com frieza. Diante daquele cumprimento, sem dúvida o rapaz não poderia achar que ela sentia qualquer coisa por ele, fora uma tolerância de irmã.

Contudo, para mortificação da jovem, o Almofadinha não lhe tocou a mão para cumprimentá-la. Em vez disso, ele ergueu os dedos de Nicola até a boca e os beijou suavemente diversas vezes — bem em frente ao mordomo dos Bartholomew, que educadamente fingiu não notar, mas que certamente se sentiu tão envergonhado quanto ela com o gesto.

— Harold! — Nicola arrancou os dedos das mãos do Almofadinha e rapidamente colocou as luvas. — Sinceramente. O que deu em você?

Mas ele apenas riu de um jeito que devia achar afável, então a conduziu para a porta e depois até a carruagem que os esperava — um elegante carro amarelo e preto, com um belo par de cavalos, conforme reparou Nicola, aliviada. Ao menos não precisaria se preocupar com qualquer gracinha, como rodas quebradas ou ferraduras perdidas, que os fizesse voltar para casa escandalosamente tarde, forçando-os — imagine só — a casar, simplesmente para salvar a reputação da jovem.

Mesmo assim, só por segurança, ela disse alto o bastante para o mordomo dos Bartholomew ouvir:

— Preciso estar em casa no mais tardar a uma, Harold. Lady Honoria e eu iremos à Casa Grafton à tarde para ver botões.

Era uma mentira, é claro, mas o Almofadinha não precisava saber disso.

E pelo visto não ficava nem um pouco incomodado por Nicola ousar ceder apenas uma hora a ele. Após ajudar a prima a subir na carruagem, ele se ergueu, sentou-se a seu lado e pegou as rédeas.

— É melhor se segurar, Nicky — informou ele, com um sorriso que ela supunha visar um ar ferino, mas que apenas resultava numa certa petulância, na realidade. — Estes animais são intempestivos, e às vezes mal consigo evitar que disparem.

Irritada ao ouvir aquilo, porque tinha quase certeza de que não era verdade, a não ser que o Almofadinha cavalgasse os próprios cavalos com mão tão pesada que os animais precisassem se rebelar de vez em quando, Nicola disparou:

— Bem, então é melhor vendê-los imediatamente e comprar um par que consiga controlar.

Aparentemente aquela não era a resposta almejada pelo primo, pois este pareceu bem decepcionado. Com nojo, a jovem imaginou que o rapaz estivera esperando que ela gritasse: "Ah, Harold, me proteja!" e que se agarrasse a seus braços. Como se ela, e não ele, tivesse ficado terrivelmente amedrontada a ponto de não andar no *Pegue-me quem puder*!

Harold sibilou para os cavalos, visivelmente com raiva. Como era de se esperar, os elegantes animais começaram a trotar num ritmo constante, sem qualquer solavanco inesperado, afinal eram criaturas bem treinadas e inteligentes... Certamente muito mais inteligentes que o dono.

— Fiquei bastante surpreso por vê-la em Euston Square no outro dia — começou o Almofadinha, enquanto eles entravam no parque. — Não sabia que você gostava de locomotivas.

— Ah — respondeu Nicola, despreocupadamente, concentrando-se nas carruagens ao redor e torcendo para que nenhum conhecido a visse com um homem capaz de usar cores tão horrendas de livre e espontânea vontade. — Não particularmente. Mas Lorde Farelly as adora. E realmente achei o passeio bem divertido. Foi empolgante andar naquela velocidade. — Ela lhe lançou um olhar sonso. — Não achou?

Como esperava, Harold ficou sem graça.

— Bem, acabei não andando naquela coisa. Parecia meio perigoso.

Nicola lembrou-se das ocasionais visitas do menino à Abadia Beckwell. Sempre que ela pegava uma minhoca para lhe mostrar, ele corria dela. Portanto, a jovem não podia se dizer surpresa ao ouvir a opinião de um indivíduo tão medroso sobre a "ameaçadora" invenção do Sr. Trevithick.

— Que pena — comentou ela, secretamente pensando que aquele comportamento era típico do primo. — Foi muitíssimo divertido.

— Imagino — respondeu Harold. — Mesmo assim, não era de forma alguma o tipo de coisa do qual esperava que você fosse participar, Nicola.

— Eu? — Verdadeiramente surpresa, a jovem virou para encará-lo. — Sério?

— Ora, precisa admitir. — O Almofadinha manteve a atenção nas rédeas, embora os cavalos não parecessem precisar de direção alguma, pois vinham seguindo a pista como se fizessem aquilo frequentemente, o que com certeza faziam, não havia dúvida. — Não é o tipo de coisa que se espera de uma dama de nosso meio. Quero dizer, se jogar assim em uma geringonça ridícula como aquela.

Sentindo-se atacada, Nicola retorquiu:

— Se quer saber, Lady Farelly me deu permissão para fazer o passeio. Lorde Farelly pagou minha entrada, inclusive. Ele diz que um dia as pessoas, tanto damas quanto cavalheiros, não hesitarão em entrar num trem e viajar por quilômetros e quilômetros.

— Pode até ser — respondeu o rapaz. — Mas não vi Lady Farelly andando no *Pegue-me quem puder*. Nem a filha, para falar a verdade. Você era a única dama no passeio, se bem me lembro.

Realmente, aquilo já era demais! Uma coisa era aguentar o Almofadinha importunando-a para que saísse com ele. Mas daí a usar o passeio para repreendê-la por ter participado de algo que tivera a permissão de seus anfitriões para fazer? Era demais! Se Lady Honoria estivesse certa quanto a Harold estar apaixonado por ela, o rapaz certamente tinha um jeito estranho de demonstrar.

— Já passeei o suficiente por hoje, Harold — declarou Nicola, mal escondendo a raiva. — Acho melhor me levar de volta aos Bartholomew.

Ela ficou ainda mais chocada por ele parecer verdadeiramente espantado ao ouvir aquilo.

— Minha nossa! — exclamou ele, lançando um olhar sério à prima. — Não está ofendida com o que eu disse, está, Nicola?

— Certamente estou. — Como ele podia achar que não? Será que era tão estúpido quanto covarde? — Você não tem nada que se intrometer em como devo me comportar, Harold. É apenas um primo de segundo grau, bem distante, se não estou enganada. E, embora seja vários anos mais velho que eu, tenho bastante certeza de que ainda poderia acabar com você, como fiz naquele dia que tentou me impedir de nadar.

Corando profundamente ao ouvir aquilo — pois sem dúvida devia ser uma memória sombria para um homem se lembrar do dia que fora agredido por uma menina —, o Almofadinha exclamou:

— Você só tinha 6 anos! — Ele a encarou com raiva. — Podia ter se afogado!

— Em um córrego com apenas um metro de profundidade? — A repugnância da jovem aumentou. — Ali está o desvio para Park Lane, Harold. Por favor, pegue-o.

Só que o Almofadinha não seguiu em direção ao desvio. Em vez disso, parou os cavalos e girou no assento para fitar Nicola.

— Acredito que eu tenha, sim, todo o direito de dizer a você como deve se comportar — informou ele, com um tom extremamente contundente para alguém como o Almofadinha.

Nicola piscou.

— Ah, é? Por favor, me diga o que o faz achar isso. Pois eu certamente gostaria de saber.

— Porque — começou Harold, com um ar de satisfação evidente — tenho toda a intenção de me casar com você.

Capítulo Seis

Boquiaberta de espanto, Nicola ficou apenas encarando o Almofadinha. Ele a pedira em casamento... ou ela estava imaginando coisas?

— Sim, Nicky — confirmou Harold, um pouco alto demais, de modo que as pessoas nas outras carruagens olharam curiosas para os dois conforme desviavam, pois aquilo já causava uma interrupção no trânsito em volta do parque por causa da parada abrupta no meio da pista. — Você me ouviu bem. Vamos nos casar. Já pedi a meu pai, e ele achou ótimo. Pretende inclusive anunciar a notícia imediatamente.

Absolutamente perplexa, a jovem agarrou a lateral do veículo e disse a si mesma: *O que quer que você faça, não ria. Não ria, Nicola.*

Mas era tarde demais. Uma explosão de gargalhadas roucas foi emergindo das profundezas e escapou antes que pudesse ser contida.

Como era de se esperar, o Almofadinha não gostou nem um pouco de vê-la rindo de seu pedido e, com um olhar ameaçador, declarou:

— Estou falando muito sério, Nicola. E teria um pouco mais de cuidado com minha reação se fosse você. Pois é pouco provável que receba muitos pedidos de casamento; uma menina em sua posição, entende?

— Ah, Harold! — exclamou ela, levando as mãos ao rosto para limpar as lágrimas que se acumulavam no canto dos olhos de tanto rir. — Me desculpe *mesmo*. Mas não pode estar falando sério. Sabe que não temos nada a ver um com o outro.

— Não vejo por quê. — Notando por fim os olhares de irritação que recebia dos outros condutores na pista, o rapaz finalmente soltou os arreios, e a carruagem começou a dar a volta pelo parque novamente. — Temos muitas coisas em comum, você e eu.

Nicola sentiu-se tentada a perguntar o que exatamente o Almofadinha achava que os dois tinham em comum, mas decidiu não o fazer, pois não estava nada convencida de que conseguiria conter a risada durante a resposta.

— Harold, nunca daria certo — respondeu ela, gentilmente, como alternativa. Afinal, por mais que não gostasse do primo, não podia deixar de sentir pena. Que ele a amasse o bastante para querer se casar com ela... Ora, Nicola jamais podia ter imaginado aquilo. Ela realmente sentia muito por ter rido antes.

— Por que não? — indagou o rapaz. — Eu... bem, tenho simpatia por você.

Então, ao ouvir aquela resposta, a jovem parou de sentir pena. Ele *simpatizava* com ela? Sentia *simpatia* por ela? Nicola não tinha o menor interesse em se casar com o Almofadinha, mas não podia deixar de pensar que, se considerasse minimamente dizer sim, ele a teria matado com tal declaração. O coitado do Harold era mesmo um pretendente lamentável e inadequado. Onde estavam as declarações de amor eterno, as flores, os elogios? Ora, não chegara nem a dizer que a achava bonita!

Meu Deus. Ele realmente era *muito* Almofadinha.

— E, Nicola, se está pensando em dizer não, sugiro que reconsidere. Precisa encarar os fatos — continuou o rapaz. — Com uma renda tão pequena quanto a sua, é bastante improvável que receba melhores propostas.

A jovem pensou rapidamente no Deus e na forma como este colocara o braço ao seu redor naquele dia no *Pegue--me quem puder*. Pensou nas inúmeras vezes que ele a tinha convidado para dançar, e quão incrivelmente charmoso estivera em todas elas, o quão másculo e elegante parecera com os paletós bem-cortados e de tons suaves. Lembrou-se de como *ele* não tinha medo de nadar. Afinal, fizera parte do time de remo da faculdade. E barcos de remo podiam virar, não é? Portanto, por necessidade, remadores tinham que saber nadar.

— Recebo 2 mil por ano de minha mãe — informou o Almofadinha, com naturalidade. — E, um dia, é claro, serei barão. Não creio que uma menina em sua posição possa esperar uma proposta melhor. Devia considerar seriamente meu pedido, Nicky. Garanto que não há muitos homens dispostos a casar com uma jovem que, além de não ter um centavo no próprio nome, é também tão... bem... *cabeça-dura* quanto você. A maioria dos homens não gosta de mulheres que fazem coisas como... ora, como andar em máquinas a vapor em praças públicas.

Harold fazia com que fosse cada vez mais difícil para Nicola sentir pena dele. Em breve, na verdade, ela passaria absolutamente a odiá-lo.

— Nem *todos* os homens achariam isso ruim. — Ela não pôde deixar de retrucar de modo meio venenoso. — Lorde Sebastian, por exemplo.

Assim que as palavras saíram de sua boca, a jovem desejou que não as tivesse dito. Mas obviamente não havia nada que pudesse ser feito. O Almofadinha ouviu aquilo e pareceu imediatamente atingido, não tanto pelo que ela havia dito, mas, considerando o olhar surpreso do rapaz, pelo modo como o dissera.

— Lorde Sebastian? — repetiu ele. — Quer dizer o visconde?

Nicola deu um aceno curto — afinal, não podia fazer mais nada a respeito daquilo. Apenas rezava para que Harold não descobrisse a pior parte... seus verdadeiros sentimentos pelo Deus.

Então foi a vez do primo rir. De verdade. Ele gargalhou com vontade e pelo visto chocou até mesmo os cavalos, que visivelmente jamais tinham ouvido o dono fazer tal barulho antes, porque os animais jogaram as orelhas para trás e reviravam os olhos, confusos.

— Lorde Sebastian! — exclamou Harold. — Ah, Nicola! Não pode realmente achar por um segundo que o visconde tem qualquer interesse em você. Não *seriamente*.

Ao ouvir aquilo, ela sentiu ainda mais raiva do que experimentara mais cedo, quando Harold comentara sobre seu comportamento em Euston Square. Nicola foi tomada por um surto de fúria tão forte quanto o que experimentara na ocasião que ele tentara impedi-la de nadar. Só que dessa vez, infelizmente, não podia golpear a lateral da cabeça do primo, pois estavam em público e, graças a uma década de incansáveis lições de Madame Vieuxvincent, ela era uma dama.

— Se quer mesmo saber — retrucou a jovem, talvez imprudentemente, mas ainda assim com bastante frieza —, o visconde e eu somos amigos próximos. *Bem* próximos.

— Sim — concordou o Almofadinha. A cada fala, ele parecia menos o Almofadinha e cada vez mais um estranho, alguém que Nicola jamais vira antes, muito menos uma pessoa que podia considerar um parente. — Vi o quanto vocês ficaram *próximos* naquele dia em Euston Square.

Contra a própria vontade, a jovem corou. Ela sabia que não deveria ter permitido que o visconde colocasse o braço sobre seu ombro. Mas ele apenas fizera aquilo porque queria protegê-la, só isso. Lutando contra a vergonha, Nicola respondeu teimosamente:

— Então consegue ver o que quero dizer, não é, Harold?

— Nicola. — O rapaz olhou para ela com seriedade. Ele não era atraente. Tinha o queixo pouco demarcado e os olhos pequenos demais para ser considerado bonito. Mas, quando ficava muito sério, como estava naquele momento, era difícil de reconhecer nele a pessoa que Nicola menosprezara por tantos anos. Aparentemente havia um traço de teimosia no Almofadinha que a jovem jamais percebera antes, algo que não tinha nada a ver com coragem nem mesmo com personalidade, mas ainda assim era tão indomável quanto qualquer uma daquelas qualidades.

— É melhor colocar na cabeça que Lorde Sebastian Bartholomew nunca vai pedir uma zé-ninguém sem um tostão em casamento — disse o Almofadinha, com uma certeza assustadora. — Independentemente de quantas vezes o deixar colocar o braço em você.

Sentindo-se ofendida com aquele comentário, Nicola ficou de pé na carruagem, sem se importar caso tropeçasse e desse de cara com a morte sob mil cascos de cavalo na pista de terra abaixo.

— Basta! — declarou ela. — Já *basta*. Pare a carruagem agora mesmo.

Retornando ao jeito pálido e medroso, o primo puxou as rédeas.

— Nicola! — gritou ele. — Enlouqueceu? Sente-se!

Mas a jovem não se sentou. Na realidade, assim que a carruagem parou, ela desceu com esforço e sem ajuda alguma. A bainha do vestido prendeu numa das rodas e rasgou, mas ela não se importou. Simplesmente soltou o tecido da roda, deu meia-volta e disparou pela pista de veículos, salvando-se por pouco de ser esmagada por uma carruagem que passava.

— Nicola! — esbravejou o Almofadinha do assento do condutor. — Nicola, volte aqui!

No entanto, a jovem não voltou. Não estava nem aí se tivesse que andar todo o caminho até chegar em casa. Andaria contente até Newcastle se aquilo significasse que jamais precisaria estar na companhia de Harold Blenkenship.

Como passava pouco do meio-dia, o Hyde Park estava repleto de gente. Não era uma tarefa nada fácil andar na beira do caminho sem ser atropelada. Mas não podia seguir pelas árvores que acompanhavam os dois lados da pista, pois ouvira boatos sobre ladrões. Não que fosse realmente se importar caso sua bolsa fosse roubada, afinal só tinha 50 centavos e alguns grampos de cabelo.

Ainda assim, ficou absurdamente aliviada quando ouviu uma voz vinda de trás chamar seu nome. Não era a voz do Almofadinha, pois ele não podia largar a carruagem para ir atrás dela a pé... Não se quisesse encontrar o veículo onde o tinha deixado — afinal, o parque não só estava repleto de pessoas que queriam ver e ser vistas, mas também de indivíduos menos respeitáveis, como ladrões à procura de mais que apenas bolsas de mulheres. Não, a voz era feminina.

Nicola olhou para trás e ficou feliz ao se deparar com Eleanor, o irmão, Nathaniel, e um outro homem que a fitava com espanto de uma elegante carruagem aberta de quatro lugares.

— Nicky! — exclamou a amiga, mais linda que nunca, usando um chapéu decorado com botões de rosa de seda que Nicola costurara para ela no dia anterior. — O que está fazendo, andando sozinha por este caminho poeirento? E, por acaso, aquele que acabamos de ver era o Almofadinha?

— Era sim — respondeu a jovem, levantando o queixo com desdém. — Fui forçada a abandonar sua carruagem, pois ele me ofendeu terrivelmente.

— Ofendeu você? — Eleanor parecia chocada, mas o cavalheiro no assento do condutor a seu lado apenas sorria, talvez reparando que Nicola não aparentava ter sofrido nenhum dano físico com o ocorrido.

— Então é melhor subir aqui conosco — disse ele —, onde é seguro. Não é, Sheridan?

Do banco de trás, Nathaniel apenas respondeu:

— De fato. — Mas ele se inclinou, abriu a porta e desceu para ajudá-la a entrar.

— Obrigada — disse ela, muito agradecida conforme se sentava no banco acolchoado. — Não tinha a menor ideia do que fazer. Só sabia que não podia ficar naquela carruagem mais um segundo sequer.

— De fato é perigoso — comentou o cavalheiro, ainda sorrindo enquanto Nathaniel se sentava ao lado de Nicola — para uma dama sair em passeios sem um acompanhante. Felizmente a Srta. Sheridan tem o irmão aqui para protegê-la. E agora tem você também, creio eu.

Ao olhar do cavalheiro para Eleanor e para o irmão dela, então novamente para o primeiro rapaz, Nicola percebeu que tinha ido parar num encontro da amiga com um dos pretendentes. Lady Sheridan, que sempre fazia o que era apropriado, sem dúvida tinha insistido para que

Nathaniel fosse com a irmã e o mais novo admirador da jovem. E Nathaniel definitivamente estava com um ar de preocupação fraternal que normalmente reservava para os bailes e reuniões do tipo.

— Srta. Sparks — disse ele, com uma formalidade incomum. — Deixe-me apresentá-la ao Sir Hugh Parker. Sir Hugh, esta é a amiga pessoal de minha irmã, a Srta. Sparks.

Sir Hugh soltou as rédeas e virou para apertar a mão de Nicola. Com aprovação, ela notou que, apesar de ser loiro e de ter bigode — algo muito perigoso caso a pessoa não tivesse a excelente estrutura óssea do Deus —, o rapaz parecia ser bastante agradável, pois era gentil e tinha uma boa estatura. E, o que era ainda mais importante, ele se vestia bem e sem exageros. O jabô era impecavelmente branco, algo que Nicola sempre admirava em um homem.

Ela se perguntou quanto dinheiro ele ganhava por ano, e se Eleanor gostava dele em especial. Nicola não conseguia decifrar pelo comportamento da amiga, que estava totalmente diferente do habitual. Sequer deixava um risinho escapar. A jovem se esforçava para agir como a dama que Madame tentara ensiná-la a ser.

— Que bom que nós estávamos passando — comentou Eleanor após Nicola e Nathaniel terem ocupado seus assentos e Sir Hugh ter comandado os cavalos cinzentos a seguirem. — O que exatamente seu primo fez para ofendê-la, Nicky? Não a estava importunando sobre a venda da abadia novamente, estava?

— Ah, não — respondeu a jovem. — Dessa vez tudo que ele queria era que eu me casasse com ele.

Eleanor soltou um educado grito de incredulidade, e Sir Hugh riu mais um pouco, como se achasse Nicola muitíssimo engraçada. Apenas Nathaniel reagiu tranquilamente à informação, encarando-a de forma penetrante e dizendo:

— Imagino que a resposta que o pobre rapaz recebeu foi não.

Começando a se sentir um pouco envergonhada devido ao modo como se comportara mais cedo com o Almofadinha, Nicola respondeu defensivamente:

— Ele não é, de maneira alguma, um pobre rapaz, Nathaniel Sheridan, e não tente despertar minha compaixão. Não foi somente pela ousadia do pedido, quando visivelmente ele é o último homem na face da terra com quem uma mulher desejaria se casar, mas pela *forma* como pediu. — Ela não tinha intenção alguma de dividir com outra pessoa o que o Almofadinha dissera sobre o Deus; isto é, provavelmente contaria a Eleanor quando estivessem sozinhas, mas certamente não naquele momento, diante de Nathaniel e de Sir Hugh. Então, em vez disso, falou: — Ora, tudo que ele disse era que sentia *simpatia* por mim.

Sir Hugh riu abertamente ao ouvir aquilo, enquanto Eleanor, com toda a razão, pareceu zangar-se em solidariedade à amiga. Somente Nathaniel, cujos braços estavam cruzados diante do peito conforme se inclinava para trás em seu canto da carruagem, analisou Nicola com o que só poderia ser chamado de ceticismo.

— Deixe-me adivinhar — comentou ele. — Preferia ter ouvido algo do tipo: "Quem me dera ser a luva dessa mão, para poder tocar sua face"?

A jovem o fitou, estreitando os olhos, consciente de que ele fazia pouco caso da situação embaraçosa pela qual passara... e da paixão pelas belas obras literárias. Ainda assim, não estava prestes a criar confusão com seus salvadores, então deu uma resposta branda perto de como gostaria de ter respondido:

— Um pouco de Shakespeare — retrucou ela, com elegância — nunca fez mal a ninguém. Mas se acha que meu primo Harold poderia ter me pedido em casamento de alguma forma que me levaria a dizer sim, está delirando. Mesmo assim... ora, *alguns* elogios poderiam ter ajudado.

— Fico bem contente por ter dito não, Nicky — declarou Eleanor, com o brilho do sol tornando mais visíveis as mechas castanho-avermelhadas no meio dos cachos escuros que escapavam do chapéu. — Detestaria vê-la casada com um homem que é inferior a você, tanto intelectual quanto moralmente. — Ao dizer aquela última parte, ela lançou um olhar sobre o ombro para o irmão, que ainda estava reclinado no canto da carruagem. — Não é, Nathaniel?

Ele apenas ergueu uma sobrancelha escura e a encarou com sarcasmo.

— Não é, Nat? — repetiu a jovem mais alto.

— Não é o quê? — indagou o rapaz.

— Você também não detestaria ver Nicky casada com um homem que é intelectual e moralmente inferior a ela?

— perguntou Eleanor, sibilando enquanto ainda tentava, Nicola podia notar, agir como uma dama diante de seu pretendente, mas, na verdade, realmente desejando dar um chute no irmão. Embora Nicola não tivesse ideia do que Nathaniel fizera para deixá-la tão irritada.

— Creio que sim — concordou ele, por fim, endireitando o corpo. Pela primeira vez, exibia uma expressão séria, ainda que a mecha de cabelo insistentemente caída no olho estragasse um pouco o efeito. — Veja bem, Nicky — começou o rapaz, com o tom de voz mais sério que Nicola já o vira usar.

Ela apenas teve tempo para se perguntar o que possivelmente Nathaniel Sheridan tinha para falar naquele tom, e por que a irmã havia virado para a frente e olhava fixamente adiante com tamanha concentração, quando uma voz familiar e bem próxima a chamou:

— Olhe só! Srta. Sparks! É você?

Nicola olhou em volta e viu, com grande prazer, o Deus se aproximar com seu faetonte novinho, um modelo de carruagem ainda mais leve e chique que o de Harold.

— Não sabia que ia ver os Sheridan hoje — comentou Lorde Sebastian, depois de todos se cumprimentarem, embora com certa má vontade por parte de Nathaniel Sheridan, na opinião de Nicola. Por que sempre precisava ser deliberadamente tão grosseiro com o visconde? — Honoria mencionou algo a respeito de você ter saído para um passeio com Harold Blenkenship.

— Comecei com Harold — explicou ela. — Mas as coisas deram meio errado, então estas pessoas educadas gentilmente me salvaram.

— Ah — disse o Deus, assemelhando-se ainda mais a uma divindade sob os raios de sol que passavam pela copa frondosa das árvores. — Essa é boa. Jamais o imaginei no papel de cavaleiro errante, Sheridan. Fico surpreso por vê-lo levantar a cabeça dos livros por um segundo a fim de dar uma chance à realidade.

— Fico surpreso por ver que consegue andar pela cidade sem um remo enfiado em cada manga da camisa, Bartholomew — retrucou, calmamente, Nathaniel.

Para o imenso espanto de Nicola, o Deus começou a corar. Então a jovem ficou consciente da tensão no ar entre a carruagem de Lorde Sebastian e a que ocupava. Não tinha ideia de onde aquilo surgira, mas ficou aliviada quando Sir Hugh, com seu jeito brincalhão, intrometeu-se:

— Cavalheiros, cavalheiros. Não é melhor seguirmos em frente? Estamos prendendo o trânsito aqui...

Ao notar a fila de veículos impacientes, Lorde Sebastian disse:

— Malditos sejam meus olhos se ele não estiver certo. Venha, Srta. Sparks, sei que deve estar ansiosa em voltar para casa, e estou indo para lá.

— Ah, obrigada, milorde — respondeu Nicola, radiante, enquanto se levantava para sair do carro de Sir Hugh e entrar no de Lorde Sebastian.

Mas Nathaniel, que estava sentado ao lado da porta, não se moveu.

— Não precisa ir — disse ele. — Nós a levaremos para casa, Nicky.

— Ah, obrigada — respondeu ela, ainda de pé. — Mas não fica no caminho.

— Sir Hugh não se incomoda — declarou Nathaniel. — Não é, Sir Hugh?

— Como quiser, Sheridan. — Foi a pronta resposta do rapaz.

— De verdade — afirmou Nicola, começando a se sentir um pouco exposta ao ver as pessoas nas carruagens atrás deles começarem a gritar coisas como "Ande logo!" e "Por acaso o cavalo perdeu a ferradura?" — É muito gentil de sua parte. Mas Lorde Sebastian está indo direto para casa. E já estão me esperando lá. Lady Honoria e eu vamos... vamos à Casa Grafton comprar botões.

Aquilo era mentira, claro. E nem era uma mentira muito original, pois dissera a mesma coisa para Harold. No entanto, por alguma razão, naquele momento se sentiu culpada ao mentir. Culpada? Por que deveria se sentir culpada sobre mentir para Nathaniel Sheridan? Ora, ele não era nada se não desagradável com ela!

Contudo, por mais que a mentira a tivesse incomodado, ela conseguiu o que queria. Realmente não havia outro modo de Nathaniel responder, a não ser saindo do caminho, ainda que relutantemente, para ajudá-la a descer da carruagem de Sir Hugh e subir no faetonte de Lorde Sebastian. Sentando-se confortavelmente ao lado do Deus, Nicola esqueceu a culpa ao acenar em despedida para os amigos. Todos, exceto Nathaniel, obviamente de mau humor, gesticularam alegremente de volta. Então Lorde Sebastian deu meia-volta com o veículo, e eles seguiram do parque para casa.

Como se sentia diferente no caminho de volta para casa, balançando na carruagem por Park Lane, em comparação ao trajeto até o parque! Na ida, estivera completamente deprimida, graças à companhia indesejada. Ao retornar, estava sentada ao lado... bem, de um deus. A jovem sabia que era invejada por todas as meninas que passavam. Todas olhavam para ela, Nicola Sparks, e se perguntavam como tivera tamanha sorte de conquistar o braço do solteiro mais atraente de toda a Inglaterra. Ora, a resposta era bastante simples. Nicola deixara a vida a levar, como sementes ao vento, e veja só o que tinha acontecido!

— E o que — indagou o Deus conforme seguiam para casa — o pobre Sr. Blenkenship fez para que precisasse abandoná-lo tão cruelmente?

— Ah — disse Nicola, distraidamente, enquanto observava o céu passando acima dos cabelos dourados do rapaz... Um céu que não chegava nem perto do azul dos olhos do Deus. — Ele me pediu em casamento, só isso.

O visconde pareceu achar aquilo muito engraçado, pois riu e comentou:

— Um crime terrível, de fato. E você é assim tão dura com todos que desejam sua mão, Srta. Sparks? Ou o Sr. Blenkenship era de algum modo especial?

— Especialmente ofensivo, quem sabe — respondeu ela, amando o modo como os cílios do Deus pareciam brilhar à luz do sol.

— Bem, de todo modo, isso é um alívio — afirmou ele.

— O que é? — perguntou Nicola, sonhadoramente imaginando tocar aqueles cílios.

— Ora, que você não seja contra o matrimônio de forma geral — explicou o Deus. E, de repente, com a mão que não segurava as rédeas, ele pegou os dedos de Nicola e os levou até a boca. — Isso significa que há esperanças para mim, não é?

Por um momento, a jovem não conseguiu fazer nada além de observá-lo, mal acreditando no que os próprios ouvidos, assim como os olhos e as pontas dos dedos trêmulos dentro das luvas pelo toque de tais lábios, lhe diziam.

Então, simples e diretamente, o rapaz desfez quaisquer dúvidas que ela pudesse ter.

— Quer casar comigo, Nicola? — perguntou o Deus.

E, embora Madame Vieuxvincent desaprovasse totalmente aquela reação, Nicola lançou os dois braços ao redor do pescoço do Deus e o beijou, bem ali em Park Lane, na frente de todo mundo.

Capítulo Sete

Então, simplesmente assim, a Srta. Nicola Sparks ficou noiva de Lorde Sebastian Bartholomew, Visconde Farnsworth.

Com apenas 16 anos, certamente era nova demais para se casar. Contudo, como rapidamente tinha lembrado, Julieta era ainda mais jovem quando se casara com seu Romeu. E o fato de Nathaniel Sheridan ter murmurado "É, e veja como *aquilo* terminou bem" não a dissuadira. Nem a afirmação de Lady Sheridan de que preferia um noivado longo, de que teria feito Nicola esperar dois anos se a jovem fosse sua filha, pois não acreditava em casamento antes dos 18 anos.

Aquilo apenas tinha servido para que Nicola se sentisse grata por sua futura sogra ser Lady Farelly, e não Lady Sheridan. Dois anos! Para ela pareciam séculos. Já estava irritada o bastante porque teria que esperar um mês antes de se tornar Viscondessa Farnsworth; tempo que Lady Farelly precisaria para organizar tudo e enviar os convites. Imagine esperar dois anos inteiros!

No entanto, era difícil se sentir infeliz por qualquer coisa... Não quando, enfim, tinha conquistado o que desejava. Pois que jovem não esperaria um mês, ou mesmo dois, pelo privilégio de se casar com um rapaz como o deus? Nicola não conseguia pensar em nenhuma. Ela causava inveja a todas as garotas do grupo. Até Honoria ficara com inveja... embora obviamente não fosse pela mesma razão que Stella Ashton, outra aluna de Madame Vieuxvincent. Não, Honoria estava com inveja porque Nicola recebera dois — dois! — pedidos de casamento em um único dia, enquanto ela ainda não havia recebido nem mesmo um.

— Apenas espere — dissera Nicola. — Espere até Charlotte e Martine terminarem de remover todas as penas. Terá pedidos aos montes.

Embora naquele estado de alegria fosse difícil pensar em qualquer outra pessoa além de si mesma, na verdade. Especialmente quando todos — todos, exceto o respeitável Nathaniel Sheridan, para ser sincera — estavam repletos de felicitações e alegria pelo noivado. A Vovó escrevera da Abadia Beckwell, oferecendo votos de felicidade e prometendo preparar seu famoso bolo de gengibre na primeira visita dos noivos a Northumberland como marido e mulher. Madame Vieuxvincent tinha enviado uma mensagem de parabéns com um exemplar de *Reivindicação dos direitos da mulher,* de Mary Wollstonecraft — um livro necessário para todas as noivas que se preparavam para começar uma família, explicara ela.

Até mesmo o Almofadinha, sendo o Almofadinha que era, mandara um ramo de flores para Nicola com os mais sinceros votos — ou pelo menos assim dissera — de um casamento feliz. Aquilo e o fato de o Rabugento relutantemente concordar em emprestar dinheiro suficiente para que ela pudesse produzir um elegante enxoval fizeram com que sua felicidade fosse completa. O tutor até mesmo chegara a lhe dar a bênção... mesmo contrariado.

— Creio — dissera ele ao encontrar brevemente com ela, após receber a notícia — que saiba o que quer. Embora eu precise dizer que acho meu Harold muito melhor partido que seu visconde.

Nicola tinha guardado a própria opinião para si.

A alegria — pelo pedido de casamento do homem que ela amava, pelo amor que sentia pelos futuros sogros, pelo fato que em breve seria uma viscondessa —, no entanto, não era tão fácil de guardar para si.

E, frequentemente, o local onde explodia era na companhia de Eleanor Sheridan. Afinal, Nicola não podia exatamente exaltar a própria sorte na frente da irmã do noivo — ainda mais quando Honoria não tinha um pretendente, ou mesmo a esperança de um. Mas Eleanor também tivera notícias empolgantes: assim como o Deus, Sir Hugh a tinha pedido em casamento, e ela aceitara. O casal teria que esperar dois anos para se casar — como ela sentia pela amiga! —, contudo estavam incrivelmente felizes, apesar daquilo. Por mais que o rapaz tivesse um bigode, Nicola aprovava aquela união, pois Sir Hugh recebia 5 mil por ano, além de ter uma propriedade em Devonshire — sem falar na quantidade infindável de gravatas brancas limpas que aparentemente possuía.

Contudo, a jovem ficou consideravelmente surpresa por sua amiga não sentir exatamente o mesmo em relação a ela e o visconde.

— É só que — explicou Eleanor, quando Nicola exigiu saber o que a amiga queria dizer quando confessou, surpreendentemente, a incerteza sobre o Deus ser assim tão divino — Nat me contou algumas coisas...

— Ah, Nat — zombou Nicola, enquanto se inclinava para analisar um chapéu que lhe chamou a atenção na vitrine de uma loja na estilosa Bond Street. — Não me diga que está dando ouvidos ao que seu irmão fala. Ele tem um preconceito injusto, e certamente sem nenhum fundamento, contra Lorde Sebastian.

— Não é só preconceito, Nicky — retrucou Eleanor, com gravidade. Desde que conhecera Sir Hugh, a jovem tinha ficado consideravelmente menos boba. Às vezes ficava até mesmo séria. Era como se o rapaz fosse despreocupado e bem-humorado demais pelos dois, e Eleanor precisasse assumir o papel de adulta sóbria da relação. — Ainda quando estava em Oxford, Nat ouviu algumas coisas bem ruins sobre seu Lorde Sebastian.

— Meu Lorde Sebastian! — soltou Nicola, endireitando-se. — Ah, gostei disso! Menos de dois meses atrás, ele era o Deus para você, e agora é "meu Lorde Sebastian".

— Nicky — disse a amiga. — Vamos falar sério. Sabia que Lorde Sebastian gosta de jogos de azar? E não aposta somente em jogos de baralho e bilhar, mas também em corridas de cavalo?

— Assim como o príncipe de Gales — respondeu Nicola, que já sabia daquilo e tinha ficado um pouco preocupada, mas então decidira que era simplesmente uma dessas coisas de homem e que não havia o que fazer.

— Mas isso não é tudo, Nicky. Sabia que ele nunca nem mesmo abriu um livro durante toda a faculdade? Ele só passou porque o time de remo de Balliol não vencia havia anos, e os reitores não queriam afundar seu melhor remador.

— Que bobagem — resmungou a jovem, girando a sombrinha de forma agitada. — Isso tudo é fofoca infundada. Sinceramente, Eleanor, esperava mais de você que sair por aí contando histórias...

— Nicky — cortou ela, falando com mais seriedade que nunca. — Sei que ele é bonito. Sei que é rico. Mas que tipo de pessoa ele é? Por acaso sabe?

— Pelo amor de Deus, Eleanor! — retrucou Nicola. — É claro que sei. Ele é o tipo de pessoa que quer se casar comigo. Não é suficiente?

Antes que a jovem pudesse responder, no entanto, o próprio assunto da conversa surgiu, envergando, com toda elegância, cartola e fraque novos conforme balançava alegremente uma bengala de ponta prateada.

— Minha nossa! — exclamou ele ao reconhecer as duas, para quem tinha inclinado o chapéu por hábito enquanto passava. — Que sorte! Só saí do clube por um segundo para respirar um pouco e quem encontro logo? Duas das mais encantadoras damas de Londres. Para onde estão indo? Vou acompanhá-las.

Ficando levemente corada por ter quase sido flagrada pelo próprio rapaz enquanto falava mal dele, Eleanor disparou:

— Ah, não precisa, não precisa, milorde. Estamos esperando meu irmão e Sir Hugh. Eles foram à tabacaria e devem voltar em breve.

— Sorte a minha, então — respondeu o galanteador Lorde Sebastian. — Espero com vocês até que eles voltem. Sobre o que estamos falando? O clima e como está agradável? Ou vocês duas, que são ainda mais agradável?

Nicola soltou um risinho com o comentário espirituoso do noivo (embora silenciosamente não pudesse deixar de lhe questionar a concordância gramatical). Eleanor, no entanto, não pareceu nada impressionada. Na verdade, estava agitada e ficava olhando por cima do ombro, como se esperasse impaciente o retorno de seu irmão e de Sir Hugh. O fato de as duas pessoas mais importantes no mundo para Nicola não poderem ser mais próximas realmente a deixava triste. Então, enquanto esperavam, ela tentou acalmar o receio da amiga por sua felicidade futura, provando que era inteiramente infundado.

— Que coincidência você ter aparecido bem agora, milorde — ronronou ela, com todo o charme que conseguiu reunir. — Eleanor estava justamente me perguntando a seu respeito.

— É mesmo? — O Deus tinha tirado o relógio de ouro do bolso e o examinava. — Com relação a que?

— Então, exatamente — comentou Nicola, rindo e deslizando a mão pela curva do braço do noivo. — Ela quer saber tudo sobre você.

O Deus piscou os belos olhos azuis.

— Certo, entendi. Bem, não há muito o que saber, não é? Sou exatamente isto que você vê.

— Era o que eu estava dizendo — afirmou Nicola, lhe apertando o braço alegremente. — Você é um livro aberto.

— De fato — concordou o Deus. — Embora um livro meio chato, sinto dizer. Um exemplar velho e empoeirado de Walter Scott, imagino.

Encolhendo-se um pouco ao ouvir seu autor favorito ser chamado de chato, Nicola, ainda assim, prosseguiu com a campanha para conquistar a aprovação da amiga.

— Justamente — disse ela, com o que esperava ser um sorriso confiante. — Então, por que não repete para Eleanor aquela divertida história que estava me contando ontem à noite? — Como Lorde Sebastian parecia não se recordar, Nicola o ajudou: — Lembra-se, sobre o cavalo castrado que você queria comprar no Tattersalls outro dia.

— Ah — disse o deus, animando-se. — Essa história. Claro. Foi mesmo muito engraçado aquilo. Tinha um cavalo castrado, sabe...

Mas a história engraçada do rapaz a respeito do cavalo foi interrompida quando certa mãozinha suja lhe puxou a manga.

— Licença, senhor — balbuciou uma voz infantil. — Tem um trocado pra uma pobre criança órfã?

Abruptamente, Lorde Sebastian afastou o braço dos pequenos dedos enegrecidos que tinham ousado tocá-lo e, levantando instintivamente a bengala de ponta prateada, gritou:

— Ei! O que pensa que está fazendo?

A criança — pois mesmo coberta de sujeira e cinzas, fazendo com que fosse quase impossível lhe identificar o gênero (embora Nicola suspeitasse ser uma menina pelo comprimento do cabelo da criatura), a pequena estatura indicava que não era um adulto — encolheu-se e jogou um braço para cima a fim de se proteger do golpe que visivelmente achava que viria.

— Por favor, senhor — lamentou a pequenina. — Não tive a intenção de sujá-lo! Me desculpe, senhor! Me desculpe!

Nicola — não por achar que o visconde ia mesmo bater na menininha, mas porque parecia a coisa certa a fazer — colocou-se rapidamente entre o deus e a garota de rua.

— É claro que não teve a intenção de manchar o fraque do cavalheiro — argumentou ela, com mais tranquilidade que de fato sentia. — Você só o assustou. Não foi, milorde?

Parecendo extremamente irritado, o Deus abaixou a bengala e olhou para a manga da roupa.

— Este fraque é novíssimo em folha — declarou ele, num tom indignado. — E veja, Nicola, tem marcas de dedo agora.

— Ela não fez isso de propósito — replicou a jovem. — Não é, querida?

Mas a criancinha estava chorando muito para responder, pois ficara apavorada com a bengala que o rapaz erguera de forma ameaçadora.

— Ei, ei — disse Nicola, abrindo a bolsa e agachando-se para enxugar as lágrimas da menina com um lenço branco e limpo. — Nada disso. Lorde Sebastian sente muito por ter assustado você.

— Sinto muito? — O Deus passava meticulosamente o próprio lenço no punho da roupa. — Acho que não. Olhe esta sujeira, Nicola. Não vai sair. O fraque está destruído.

— Um pouco de água com gás quando chegarmos em casa — respondeu a jovem para ele — vai limpar isso. — Para a criança, ela disse: — Aqui, para você. — Então, guardando o lenço, deu para a menininha um xelim da própria bolsa. Um xelim era, é claro, uma pequena fortuna... suficiente para andar no *Pegue-me quem puder* e mais que suficiente para um bolo de carne. Assim que viu a moeda, o choro da garota parou.

— Meu Deus, Nicola — disparou o deus, com nojo, conforme a criança cujas lágrimas sumiram tão rapidamente quanto tinham surgido, pegou o dinheiro e saiu correndo com um grito contente de agradecimento. — Realmente deu um xelim para aquela criatura depois da forma como ela colocou as patas em mim? O que deu em você?

A jovem fechou as cordas da bolsa.

— Ora, óbvio que dei — retrucou ela, com rispidez. — Não a viu? A coitadinha estava faminta.

— Bem, você também estaria faminta — declarou Lorde Sebastian, irritado — se cada centavo que conseguisse servisse para comprar bebida para sua mãe.

— Ela disse que era órfã — lembrou Nicola, sensível. — Não tem mãe.

— É claro que tem, Nicola. — O rapaz soltou um suspiro e revirou os belos olhos. — Todos eles dizem que são órfãos. Mas, acredite, a mãe está em algum lugar, e o pai também, imagino. E a família inteira está vivendo saudavelmente por causa de corações moles como o seu. Que, devo acrescentar, não tem lá muito dinheiro para ficar gastando com rejeitados inúteis iguais a essa menina.

Aborrecida, a jovem respondeu:

— Não tem como saber se ela estava mentindo, milorde. — Por motivos que não sabia explicar, Nicola se sentia extremamente irritada com ele, então falou mais rispidamente do que talvez fosse necessário: — Você não sabe de absolutamente nada.

Foi uma imensa falta de sorte que Nathaniel Sheridan e Sir Hugh tivessem aparecido naquele exato momento.

— O que Lorde Sebastian não sabe? — indagou Sir Hugh, com o habitual bom humor.

— Absolutamente nada, pelo visto — respondeu o deus, igualmente jocoso.

Sir Hugh olhou de Nicola — cujo rosto, a jovem tinha certeza, estava vermelho de vergonha, se não de raiva — para Lorde Sebastian, que estava calmo e charmoso como sempre. Então o rapaz soltou um assobio.

— Vejo que chegamos bem na hora — disse ele, cutucando Nathaniel com o cotovelo — de testemunhar a primeira briga do feliz casal.

— Não é uma briga de casal — intrometeu-se Eleanor, para imenso alívio da amiga. — Nicola simplesmente deu dinheiro a uma criança órfã, e Lorde Sebastian sugeriu que talvez fosse melhor ela guardar as moedas para causas mais nobres.

— Ah — disse Nathaniel, com um olhar de compreensão na direção de Nicola. Como era irritante que justamente ele, de todas as pessoas, deveria aparecer naquele momento, de todos os momentos, bem quando ela e Lorde Sebastian estavam discutindo... Nem mesmo discutindo, estavam simplesmente... discordando! E por muito pouco, na verdade. Era lamentável que a jovem jamais conseguisse manter um ar de tranquila indiferença diante do irmão de Eleanor, como Madame sempre havia sugerido que uma dama fizesse.

— Mas aí está o problema — comentou Nathaniel, conseguindo manter um tranquilo ar blasé, a jovem não pôde deixar de reparar. — Como Nicola é órfã também, não se pode esperar que ela resista a pedidos de ajuda vindos de outros órfãos, especialmente daqueles menos afortunados que ela.

Aquilo se aproximava tanto do que a jovem sentia com relação à situação que ela quase soltou um grito. Como ele podia saber? Era quase como se tivesse lido seus pensamentos.

— Ora, essa — retrucou Lorde Sebastian, desconsiderando a observação. — Nicola não pode estar achando que tem qualquer coisa em comum com esses porquinhos que sujam as ruas e que correm atrás de dinheiro. Não é, Nicola?

Sentindo o olhar despreocupado do Deus observando-a, ela corou, como quase sempre fazia quando ele a fitava. Como podia evitar o rubor, considerando que o visconde era o homem mais atraente da terra? E, milagre dos milagres, ainda por cima era dela. Todo dela.

Mas mesmo deuses, às vezes, cometiam erros.

— É claro — retrucou a jovem, tentando manter o mesmo tom de desdém do noivo. — Afinal, um órfão é um órfão.

E é realmente apenas pela graça divina que nunca precisei viver como aquela pobre criança vive. Pelo menos meu pai, de certo modo, se preocupou e cuidou de minha situação. Mas muitos órfãos não têm o tipo de sorte que tive.

Para Nicola, aquele tinha sido um discurso bem impressionante. Ela viu a admiração no olhar carinhoso de Eleanor, e até Sir Hugh parecia impressionado.

E Nathaniel? Bem, Nathaniel Sheridan nunca sentia qualquer admiração por nada que ela fazia. Mas, até mesmo ele, ao menos dessa vez, não dava a impressão de que riria de sua cara.

Contudo, infelizmente, o deus pelo visto não compartilhava dos sentimentos de Nathaniel, pois ele riu com bastante vontade, então pegou a mão de Nicola e exclamou:

— Ah, mas você é realmente uma criatura encantadora, eu juro! Como se *você* algum dia pudesse estar na situação daquela criança deplorável. Ora, ainda que seja órfã, Nicola, jamais estaria sozinha e sem amigos, mendigando por restos de comida. É simplesmente bonita demais.

E, por mais que aquilo fosse obviamente um elogio, a jovem não pôde deixar de pensar que o Deus não tinha entendido nada de seu desabafo.

Ainda assim, ela o perdoou, porque aquele comentário parecera verdadeiramente sincero. E que menina conseguia ficar zangada por muito tempo com um rapaz tão belo quanto Lorde Sebastian? Certamente não Nicola.

Depois daquilo, porém, passou a ter o cuidado de desviá--lo do caminho de qualquer criança de rua que ela avistasse.

Capítulo Oito

"Ele é o tipo de pessoa que quer se casar comigo", dissera Nicola para Eleanor sobre o visconde. "Não é suficiente?"

No entanto, mais tarde, quando estava sozinha no quarto da casa dos Bartholomew, a jovem não conseguia deixar de se perguntar se realmente era. Afinal, o Almofadinha também quisera se casar com ela, e olhe o tipo de pessoa que o primo era: o tipo que desmaiava ao ver qualquer mínima bizarrice biológica e que achava que uma menina como Nicola simplesmente não podia saber nadar, muito menos ser amada por um deus. Uma pessoa desprezível e horrível. Harold Blenkenship era isso.

Lorde Sebastian não era desprezível nem horrível. Sim, aparentemente era um pouco intolerante com crianças de rua. Mas quem *gostava* de ser interpelado por crianças de rua? Era sempre triste vê-las esticando as mãozinhas sujas para pedir moedas, que serviam somente para comprar bebida para os pais folgados — o Deus provavelmente estava certo sobre aquilo. Nicola não podia culpá-lo por ter aversão a tais criaturas. E, embora tivesse conseguido tirar a mancha do fraque do visconde com água gasosa, de fato tinha demorado bastante, e a manga realmente não ficara com a mesma aparência elegante de antes.

E era mesmo verdade que o Deus tinha um gênio difícil. O primeiro vislumbre desse descontrole, quando ele levantara a bengala como se fosse bater naquela pobre criança, deixara Nicola bastante assustada. Mas a maioria dos homens tinha um gênio difícil. Não era necessariamente algo ruim. Além disso, no fim das contas, Lorde Sebastian não havia realmente batido na garota de rua. Visivelmente tal temperamento estava sob controle. O que era mais do que podia ser dito a respeito da maior parte dos homens.

E Nicola jamais o vira bater em nenhum de seus cavalos. Era justamente o contrário, na verdade. O afeto do Deus pelas criaturas era algo bonito de se ver.

E, sim, certamente o visconde parecia gostar mesmo de um jogo de uíste. Mas aquilo não fazia dele um jogador inveterado. Ele simplesmente amava a emoção, a animação do jogo!

E, embora não conhecesse a obra da maioria dos poetas que Nicola admirava, aquilo sem dúvida não o tornava um ignorante. O rapaz fazia apenas o tipo atlético e não tinha muito tempo para ler, pois se mantinha ocupado com todas as caçadas ou jogos de bilhar.

Nathaniel, que não era lá muito atlético — ah, ele montava, ela bem sabia, mas não gostava de caçar e muito menos de jogar bilhar — e cuja ideia de um dia agradável se resumia a trabalhar gerenciando a propriedade do pai enquanto adicionava longas colunas de números, naturalmente não gostaria de um sujeito tal qual Lorde Sebastian, mesmo que fosse apenas por serem tão diferentes. Como Nicola explicara para Eleanor, era puramente uma questão de preconceito. O irmão discriminava o Deus pela mera razão de o Deus não ser igual a ele. A jovem havia garantido à amiga que aquilo iria passar quando Nathaniel e o visconde se conhecessem melhor.

Mas até lá as coisas não seriam agradáveis entre Nicola e o irmão de sua melhor amiga. Isso ficou claro logo na noite seguinte, ao encontrar por acaso com Nathaniel Sheridan no — onde mais? — Almack.

Ele se servia de ponche quando Nicola, após dançar três vezes com o Deus e decidir que não seria adequado aceitar convites de outros rapazes na rodada seguinte — afinal, era praticamente uma mulher casada —, foi pegar uma bebida também, pois o salão estava ainda mais abafado que o normal. Ela reparou em Nathaniel, parado junto à mesa, e, caso não estivesse tão quente, nem teria se aproximado para se servir. Afinal, como o noivado ainda era uma notícia bastante recente, a jovem queria preservá-lo. Nicola não estava disposta a ouvir críticas ao relacionamento — tampouco ao futuro marido —, ainda que fossem em tom de brincadeira.

Contudo, a jovem nem precisava ter se preocupado. Nathaniel a viu — tinha quase certeza de que a vira, pois os olhares dos dois se encontraram acima do recipiente de cristal do ponche — e, mesmo assim, não disse uma palavra. Simplesmente levantou as duas taças que segurava — pelo visto servira ponche para outra pessoa além de si mesmo — e foi embora, com o terno de festas elegantemente cortado misturando-se a um mar de ternos semelhantes, até que Nicola não pudesse mais discerni-lo.

Absolutamente chocada, ela permaneceu parada no mesmo lugar por um minuto inteiro antes que a enormidade do que havia acontecido a atingisse por completo: Nathaniel Sheridan lhe dera um corte!

A jovem já tinha ouvido falar em receber um corte, é claro. Madame as tinha advertido muito seriamente sobre os perigos disso — isto é, ignorar socialmente uma pessoa de quem se é muito próximo. Dar um corte era um ato mal-educado, imaturo e simplesmente a coisa mais cruel que uma pessoa podia fazer com outra.

Mesmo assim, às vezes era necessário. Pretendentes excessivamente zelosos precisavam ser cortados de vez em quando para que uma dama preservasse a própria reputação. E, é claro, se uma moça espalhasse boatos caluniosos sobre outra, a difamada tinha todo o direito de cortar a difamadora.

Mas Nathaniel Sheridan lhe cortar — a ela, Nicola Sparks, a amiga mais próxima da irmã? Não havia desculpas para tal comportamento!

Ora, se ele pensava que ia sair ileso com aquela atitude, teria que reconsiderar. Nicola não era o tipo de garota que aceitava tranquilamente tamanho insulto.

Assim, pousando a taça de ponche, ela se lançou no mar de ternos pretos onde Nathaniel acabara de mergulhar, decidida a encontrar o rapaz e fazê-lo pedir desculpas pelo comportamento absolutamente grosseiro. Essa não seria a ação recomendada por Madame Vieuxvincent às pupilas que se vissem na situação vergonhosa de serem cortadas. Confrontar o responsável não era o método aconselhado para se resolver o problema. Mas Nicola estava zangada demais para pensar no que Madame teria desejado que fizesse. Só conseguia pensar no quanto Nathaniel Sheridan se arrependeria da ocasião em que cortara Nicola Sparks.

Talvez por essa razão tivesse bruscamente dispensado o Deus quando ele se aproximou um segundo depois.

— Agora não, milorde. — Ela não tinha tempo para deuses naquele momento. Tinha um mortal com quem esclarecer algumas coisas.

Ela o encontrou próximo a uma janela, conversando amigavelmente com a Srta. Stella Ashton, que usava um vestido de um tom horroroso de amarelo, capaz de lhe deixar a pele muito mais amarelada que de fato era. A taça de ponche extra fora para ela. Os dois estavam olhando para algo na rua abaixo e rindo.

Rindo! Nicola sentia como se fosse explodir de tanta raiva.

— Com licença — intrometeu-se ela na conversa particular (Madame definitivamente não teria aprovado aquilo).

Stella Ashton levantou os olhos da taça de ponche e disse com doçura:

— Ah, Srta. Sparks. Boa noite.

— Boa noite, Srta. Ashton — respondeu Nicola, com um aceno. Para Nathaniel, que a observava como se ela fosse louca, a jovem disse: — Posso trocar uma palavra com você, Sr. Sheridan? *A sós?*

Obviamente entretido, o rapaz ergueu uma das sobrancelhas escuras e apenas falou:

— Certamente. — Ele deixou a taça de ponche no parapeito da janela e fez uma reverência para o rosto amarelado de Stella. — Peço licença por um momento, por favor, Srta. Ashton.

Piscando os olhos grandes — e, na opinião de Nicola, insípidos —, a menina respondeu num tom confuso, como se Nicola não tivesse somente pedido permissão para lhe roubar o acompanhante por um momento, e sim tivesse anunciado um incêndio:

— Mas é claro.

Um instante mais tarde, quando seguiram para um canto escuro do salão, onde ficariam alguns metros afastados do alcance dos dançarinos e, também, a uma certa distância dos músicos, de modo que o barulho não fosse tão opressor, Nicola girou para ficar de frente para Nathaniel. A jovem se espantou um pouco ao se deparar com o rosto do rapaz a apenas alguns centímetros do seu. Ela não percebera que ele estava tão próximo. Contudo, não queria se afastar para não parecer que se sentia intimidada por ele, o que certamente não era o caso.

— Quem exatamente — demandou Nicola, num tom de voz alto o bastante para ser ouvido com a música, mas não tão alto para que Stella Ashton, que os observava com muita atenção, pudesse escutar — você pensa que é, Nathaniel Sheridan, para me dar um corte?

Pelo menos ele teve a decência de ficar corado. Aparentemente envergonhado, a habitual mecha caindo sobre os olhos a ponto de deixá-los indecifráveis, ele respondeu:

— Não dei um corte em você, Nicky. Quero dizer, Srta. Sparks.

— Deu, sim — insistiu ela. — Olhou diretamente para mim na mesa do ponche, então se virou e foi embora sem dizer uma única palavra!

— Porque não consegui — explicou Nathaniel — pensar em nada para dizer.

— Ah, e imagino que "Boa noite, Srta. Sparks" teria sido muito banal para alguém com sua capacidade intelectual? — Ela ficou bastante orgulhosa por aquela réplica. Nathaniel Sheridan pensava *mesmo* muito de si. Imagine só, achar poesia um desperdício de tempo!

— Eu deveria tê-la cumprimentado. — Foi a resposta inesperada. — Está absolutamente certa.

Tendo antecipado uma batalha bem mais longa e esquentada, aquela rendição a pegou desprevenida. Jamais o vira concordar tão rapidamente com uma acusação feita por ela.

— Você está se sentindo bem? — indagou a jovem, um pouco preocupada.

Nathaniel a fitou por um tempo, mas sem que ela conseguisse ver o que se passava nos olhos dele, pois ainda estavam cobertos pela mecha de cabelo.

— É claro que estou — respondeu o rapaz. — Por que pergunta?

— Bem, porque não é de seu feitio deixar que eu ganhe uma discussão. — Nicola o analisou, estreitando os olhos. — Tem certeza de que não está febril?

— Tenho — retrucou Nathaniel, sacudindo a cabeça de repente, de modo que a mecha escura foi jogada para trás. Nicola pôde enfim ver, bem demais até, o que havia nos olhos dele. E ela percebeu que era raiva. — Mas me pergunto se não deveria estar perguntando isso a você. O que passa por sua cabeça para concordar em se casar com aquele salafrário?

Nicola respirou fundo. Deveria ter esperado aquilo. Ainda assim, não imaginava que ele fosse ser tão direto.

— Se está se referindo dessa forma grosseira a Lorde Sebastian, Sr. Sheridan — retrucou ela, arrogantemente —, então a resposta para isso, embora obviamente não seja de sua conta, é que eu o amo. E ele me ama.

— É mesmo? — insistiu Nathaniel num tom frio, com um única sobrancelha erguida. — Ele a ama de verdade?

Tão chocada quanto se tivesse levado um tapa, a jovem respondeu:

— É claro que sim! Nat, sinceramente! Por que ele teria me pedido em casamento se não me amasse?

— Não sei — retorquiu ele, com a mesma frieza. — Ele disse isso a você?

— Disse o quê? — A jovem sabia que Stella Ashton não era a única no salão que os observava com curiosidade. Diversas pessoas próximas tinham interrompido suas conversas e estavam olhando na direção de Nicola, que não conseguira evitar que a voz se elevasse nervosamente, de tão ofendida que se sentia. Ela sabia que Madame Vieuxvincent objetaria àquilo, pois damas jamais deveriam fazer uma cena. Mas, naquelas circunstâncias, Nicola achava que tinha razão.

— Que ele ama você — explicou Nathaniel, visivelmente se esforçando para manter a calma.

Nicola desejava, com cada centímetro do corpo, responder que ele havia dito — que falara aquilo para ela mil vezes ao dia desde o noivado. No entanto, na verdade, Lorde Sebastian era bastante despreocupado, pelo menos a respeito de relações amorosas. Ele jamais mencionara a palavra *amor*... pelo menos não com relação a Nicola. O visconde amava o novo cavalo de caça, com mais de 1,80 metro de altura e um pescoço tão curvo quanto o de um cisne. E amava o novo colete cinza-amarronzado que Nicola fizera para ele com o material que sobrara de uma capa de ópera que ela desmontara para transformar em um charmoso casaquinho de dormir.

Só que não. Ele não dissera uma vez sequer que a amava.

Mas quão importante eram palavras entre duas pessoas que sentiam uma ligação forte e eterna como aquela que existia entre ela e Lorde Sebastian? Ele *demonstrava* que a amava de inúmeras formas. O anel de noivado de diamantes na mão esquerda não era prova suficiente daquilo?

No entanto, antes que pudesse falar qualquer uma daquelas coisas, Nathaniel respondeu, de forma bem maldosa:

— Então ele não disse. Foi o que pensei. Pergunte a ele, Nicola, ou pergunte a si mesma, por favor, por que um homem na posição de Bartholomew concordaria em se casar com uma menina que ganha apenas 100 libras por ano, com uma menina *órfã*.

Ela respirou fundo, indignada. Ora, Nathaniel estava falando exatamente igual ao Almofadinha!

— Vá em frente — desafiou ele. — Duvido que faça isso. Pergunte a ele.

— O que acha que ele vai responder? Você obviamente tem uma ideia, ou não estaria tão confiante — disparou Nicola, furiosa. — Bem, se sabe de alguma coisa que não me contou, simplesmente diga logo. Não consigo imaginar por que ainda não teria falado. Nunca se preocupou muito em poupar meus sentimentos, de qualquer maneira.

Por alguma razão, aquele último comentário fez com que um músculo que ela jamais reparara saltasse no maxilar de Nathaniel.

— Tudo bem — afirmou o rapaz. — Não quer que seus sentimentos sejam poupados? Então pergunte a seu amado sobre Pease.

— Pease? — repetiu Nicola. — O que isso tem a ver com Lorde Sebastian?

— Pease — confirmou ele. — Pergunte a seu querido Lorde Sebastian sobre Edward Pease e veja o que ele tem a dizer.

— E quem é — exigiu a jovem — Edward Pease?

— Lorde Sebastian irá contar isso a você — argumentou Nathaniel, confiante. — Isto é, se for mesmo metade do homem que você pensa que ele é.

— Ele vai me contar, sim — disse Nicola, com uma convicção que não estava sentindo. — Lorde Sebastian me conta tudo. Não existe um segredo sequer entre nós. Somos ambos tão abertos quanto páginas de um livro.

— Então não tem nada com que se preocupar — comentou Nathaniel. — Não é?

— Não — informou ela, com superioridade. — Não tenho. Estou incrivelmente feliz.

— Fico realmente muito contente em ouvir isso — respondeu ele. — Não se esqueça de perguntar a seu noivo.

— Sobre Edward Pease — lembrou Nicola. — Não vou. Vou perguntar hoje à noite. Ou, no máximo, amanhã logo cedo.

— Perfeito — disse Nathaniel. — Faça isso.

— Perfeito — disse ela. — Vou fazer.

— Perfeito — disse ele.

— Perfeito — disse ela.

Então, percebendo que poderiam facilmente ficar assim por horas, Nicola deu meia-volta e caminhou para a saída do salão. Mas não havia chegado muito longe quando se deparou com Stella Ashton, que ainda a fitava com estupefação no belo rosto.

Por mais que Nicola quisesse fazer a saída mais dramática possível, ela não conseguiu deixar de parar e sussurrar para a outra menina:

— Sinceramente, Srta. Ashton, este tom de amarelo não lhe cai nada bem. *Por favor*, tinja seu vestido de outra cor. Acho que um tom vivo e forte de vinho ou de azul ficaria muito melhor.

E, antes que Stella pudesse responder, a jovem disparou para fora do salão, fugindo o mais rápido possível do olhar penetrante do irmão de Eleanor.

Capítulo Nove

— Quem é Edward Pease? — perguntou Nicola no dia seguinte, à mesa do café da manhã.

Lorde Farelly, que passava manteiga na torrada, imediatamente derrubou a faca, o que o levou a soltar um palavrão que queimou a orelha de todas as damas presentes.

— Jarvis! — disparou Lady Farelly. — Sinceramente! Que linguajar é esse, e logo à mesa do café!

Com o rosto muito vermelho, o conde murmurou um pedido de desculpas e aceitou a nova faca que um empregado prontamente lhe dera, depois se serviu de outro pedaço de pão.

— Então — disse Lady Farelly —, onde estávamos mesmo? Ah, sim. Honoria, meu amor, queria lhe perguntar se aquele vestido que usou ontem à noite no Almack era novo. Porque acho que nunca o vi antes. Sei que tinha um com a cor parecida, mas que eu me lembre era enfeitado com penas de avestruz, e não com um trançado dourado.

— É o mesmo vestido, mãe — respondeu a jovem, despreocupadamente, enquanto colocava uma colher de açúcar no café. — Nicola achou que as penas eram meio excessivas e que acabavam tirando a atenção de minha beleza natural.

— Ah, é? — Lady Farelly pareceu surpresa. — Bem, Srta. Sparks, devo lhe dar meus parabéns. O trançado dourado definitivamente ficou melhor.

— Obrigada, milady — agradeceu Nicola, educadamente.

Mas a polidez era fingida. A jovem não sentia a menor vontade de responder educadamente, na verdade. Ela estava ciente de que a pergunta que fizera não fora respondida. Não só não tinha sido respondida, como decididamente ignorada... Poderia dizer até que fora varrida para baixo do tapete, como as migalhas da torrada que Lorde Farelly havia derrubado.

Que chatice, pensou Nicola.

Até aquele momento, acreditara que o comentário sobre Edward Pease era uma tolice, algo que Nathaniel inventara impulsivamente, por causa da inveja extrema que sentia de Lorde Sebastian — não que a jovem pensasse que Nathaniel sentia qualquer coisa por ela, é claro, exceto o mesmo tipo de carinho fraterno que tinha por Eleanor; mas qual rapaz não sentiria inveja do visconde, um deus na terra?

Contudo, com aquilo, ela não podia deixar de se perguntar o que exatamente ele sabia. Obviamente sabia de alguma coisa. Não havia tirado o nome Edward Pease do nada. Não quando sua simples menção provocava uma reação daquele tipo em Lorde Farelly.

Mas onde o tinha ouvido? E como viera a conectá-lo a seu noivado com o Deus?

Nicola sabia que não adiantaria nada perguntar sobre aquilo a Eleanor cujos pensamentos só giravam em torno de Sir Hugh e nada além de Sir Hugh. E o orgulho a impedia de pedir que Nathaniel elaborasse um pouco mais. Ele tinha lhe aconselhado a perguntar a Lorde Sebastian, e Nicola fizera aquilo.

Só que, ao questioná-lo, quando ele estivera sozinho à mesa — bem, exceto por Honoria —, o Deus continuara comendo, como se não tivesse a menor ideia do que ela estava falando.

Mais tarde naquela manhã, enquanto o rapaz se preparava para o passeio diário a cavalo, Nicola se aproximou timidamente e, certificando-se primeiro de que estavam longe dos ouvidos de seus anfitriões, perguntou ao noivo:

— Lorde Sebastian? Estava aqui pensando... Por acaso *você* sabe quem é Edward Pease?

Puxando as luvas, o Deus sorriu carinhosamente para ela. Nicola não achava que podia estar enganada. Ele realmente parecia estar apaixonado.

E com certeza os beijos que os dois haviam trocado — somente um por dia, como pedia o decoro, e sempre quando estavam prontos para ir dormir em seus quartos separados — pareciam bem apaixonados. O que quer que fosse que Nathaniel pensava, Lorde Sebastian visivelmente não ia se casar contra a própria vontade. Ele gostava, *sim*, dela. Pelo menos um pouco.

— Pease de novo? — perguntou o rapaz, esticando a mão para dar um leve puxão em um dos cachos escuros que tinha escapado do penteado de Nicola. — Nunca ouvi falar nesse sujeito. O que tem ele? Espero que não esteja tentando roubar minha garota.

A jovem sentiu uma onda de alívio. Ele não sabia. Nicola tinha bastante certeza. Lorde Sebastian não tinha a menor ideia de quem era Edward Pease. Então Nathaniel estava errado.

Exceto...

Exceto que Nathaniel Sheridan nunca estava errado. Bem, com relação a pessoas, ele frequentemente se enganava, é claro. Era só ver o quanto tinha se enganado com relação ao Deus. Mas Nathaniel Sheridan costumava não se enganar com coisas daquele tipo.

E foi aquele fato que a levou a fazer o que fez em seguida: alegar, um pouco depois de o visconde deixar a casa, que estava com enxaqueca e então se retirar para sua cama.

Nicola nunca ficava doente, ou apenas muito raramente. Portanto, a dor de cabeça deixou todos na casa dos Bartholomew um pouco preocupados. Lady Farelly gentilmente ofereceu adiar sua prova de vestido para fazer companhia à futura nora, caso ela precisasse de gelo ou qualquer outra coisa. E Lady Honoria insistiu em não ir ao piquenique com Phillipa e Celestine Adams, não enquanto Nicola não estivesse bem. A jovem informou que também ficaria ao lado da querida amiga para o que ela precisasse.

Por mais tocada que estivesse pelo gesto fraternal, Nicola havia ficado um pouco irritada. Pois é claro que não poderia fazer nada do que planejara ao inventar aquela dor de cabeça se tanto Lady Farelly quanto Honoria ficassem a seu lado.

Então ela implorou para que as donas da casa continuassem com os planos originais... alegando que apenas planejava dormir. Caso precisasse de alguma pastilha, poderia pedir que Martine a pegasse, informou Nicola, argumentando que só a deixaria mais aflita saber que Lady Honoria e a mãe estavam adiando seus compromissos por conta dela...

Demorou um pouco, mas enfim ela as convenceu a deixarem-na sossegada. Assim que ouviu a porta da frente fechar, a jovem pulou da cama, dando um susto e tanto em Martine, que realmente estava indo pegar gelo.

— Está tudo bem, Martine — confessou a jovem, curvando-se para amarrar os sapatos. — Estou perfeitamente bem. Mas, por favor, seja um anjo e assobie se ouvir alguém vindo? Em particular Lorde Farelly?

Muito chocada com o comportamento de sua senhora, a aia disse que não faria nada daquilo. Então, como a moça estava dificultando as coisas, Nicola a dispensou e mandou que ela não se metesse. Em seguida, Martine foi para um canto com a caixa de costura e uma expressão sombria, murmurando em francês sobre menininhas metendo o bedelho onde não deviam e se dando mal.

Apesar de entender francês muito bem, Nicola ignorou os comentários e saiu de fininho do aposento, com toda a intenção de meter o bedelho exatamente onde não devia... ou seja, no escritório particular de Lorde Farelly. Ela não tinha nenhuma ideia do que procurar, mas, se houvesse algum lugar no qual pudesse achar alguma pista da identidade de Edward Pease, imaginava que seria ali. O conde visivelmente já ouvira falar do sujeito, mesmo se o filho não, e era possível que tivesse trocado correspondências com o Sr. Pease e que as cartas estivessem abertamente expostas sobre a mesa do senhor, onde Nicola poderia vê-las sem querer.

É claro que bisbilhotar e entreouvir conversas alheias eram atividades que Madame Vieuxvincent desaprovava imensamente. E a jovem não teria se metido a fazer nenhuma das duas, caso Lorde Farelly tivesse se dado o trabalho de responder à pergunta.

Mas, como decidira evitar o assunto por completo e de forma pouco sutil, Nicola tinha concluído que podia bisbilhotar, sem remorso.

Ainda assim, conforme seguia na ponta dos pés pelo corredor acarpetado que levava ao escritório do conde, a jovem não pôde deixar de olhar nervosamente por sobre o ombro diversas vezes, atenta aos criados e empregadas que pudessem estar à espreita. No entanto, não encontrou ninguém e, quando por fim pôs a mão na maçaneta, conseguiu entrar despercebida no cômodo com painéis de mogno.

Lorde Farelly saíra para o escritório em Bond Street logo depois do café... e da pergunta direta de Nicola. O escritório, que também servia de biblioteca da família, tinha um cheiro pungente do cachimbo que o conde gostava de fumar quando se encontrava sozinho. As paredes estavam tomadas por livros e retratos ocasionais de algum antigo membro dos Bartholomew. Nenhum dos ancestrais chegava perto de ser tão abençoado pela natureza como Lorde Sebastian. Na verdade, aparentemente a família tinha uma forte tendência à obesidade. O conde, pelo menos, não era nenhum peso-leve.

Mas Nicola lembrou a si mesma que não estava naquele cômodo para imaginar qual seria a aparência do marido em vinte anos. Estava ali para xeretar.

E assim começou.

Havia um método para mexer nas gavetas de outra pessoa sem deixar pistas. Nicola tinha experiência no assunto, pois, no internato, geralmente recaía sobre ela a tarefa de xeretar as gavetas de Madame Vieuxvincent e procurar a chave da porta da cozinha sempre que as meninas precisavam fazer ataques noturnos à despensa atrás de suprimentos. Independentemente de quantas vezes Madame Vieuxvincent escondia a chave e do lugar inventivo onde a guardava, Nicola a encontrava. E, na manhã seguinte, enquanto a cozinheira chorava por conta do *gâteau* de chocolate desaparecido e a diretora exigia saber quem cometera tal afronta, a jovem também sempre fora capaz de, sonsamente, negar qualquer coisa. Jamais fora pega e achava pouco provável que tivessem desconfiado dela. Ao que tudo indicava, era uma ladra nata.

E não demorou muito para que encontrasse o que procurava na missão atual. Ao mexer na gaveta do meio da escrivaninha, Nicola achou um pacote de cartas de ninguém menos que o próprio Sr. Edward Pease. Ajeitando-se para uma tarde de leituras, a jovem se aninhou embaixo da mesa, assim não seria descoberta caso alguma empregada entrasse para limpar o escritório.

O que ela leu a deixou confusa e perturbada. Logo ficou claro que o Sr. Edward Pease trabalhava para uma empresa chamada Stockton & Darlington. Curiosamente, Stockton e Darlington eram cidades próximas à Abadia Beckwell.

Mais curioso ainda era o fato de o Sr. Pease parecer tão fascinado e interessado por trens quanto Lorde Farelly. A maioria das correspondências tinha a ver com experimentos de locomoção, tal como algo chamado Blucher, uma locomotiva usada para transportar carvão na mina de Killingworth. Segundo o Sr. Pease, a Blucher podia carregar a mesma quantia de carvão levada por dez cavalos de carga, além de poder fazer aquilo repetidamente, sem o descanso de que os animais precisavam.

Rapidamente Nicola sabia mais sobre a locomotiva Blucher que jamais quisera saber sobre qualquer coisa. Como alguém conseguia falar ininterruptamente sobre uma máquina — mesmo que fosse algo novo e revolucionário —, ela não conseguia entender. Considerando os sentimentos de Lorde Farelly a respeito de trens, ele sem dúvida achava a coisa toda extremamente fascinante, mas ela ficara entediada logo após o segundo parágrafo.

E, depois de todo o trabalho que tivera, não havia encontrado absolutamente nada que se referia a ela. Nenhuma menção ao seu nome, ou qualquer conexão que pudesse justificar a afirmação de Nathaniel de que havia algo suspeito sobre os sentimentos de Lorde Sebastian por Nicola.

Já a respeito de Edward Pease, ora, era apenas um homem que, aparentemente, compartilhava do grande entusiasmo do conde por locomotivas; somente isso.

Ela estava satisfeita — e, ao mesmo tempo, um pouco enojada consigo mesma por Nathaniel ter feito com que a jovem duvidasse do Deus. Pior, fizera com que ela duvidasse do próprio discernimento, e *aquilo* a deixava zangada. Nicola estava pondo as cartas novamente na ordem que as encontrara quando um pequeno pedaço de papel caiu da pilha para o tapete. Ela o pegou e estava prestes a colocá-lo de novo onde supunha que aquela folha tinha estado, sem nem mesmo parar e olhar, quando algo chamou sua atenção.

Era um pedaço de papel menor que os outros. Mas havia um desenho em vez de ter coisas escritas. Inicialmente, a jovem não conseguiu decifrar o que era. Nicola girou o papel em várias direções, semicerrando os olhos. Parecia familiar de algum modo, porém não sabia por quê.

De repente compreendeu. A linha ondulada no meio da página era o rio Tweed. Aquele rio lhe era tão familiar quanto o processo de acrescentar enfeites a um chapéu de Páscoa, pois o córrego que corria pela Abadia Beckwell desembocava exatamente naquele rio — o mesmo córrego no qual o Almofadinha tinha tentado impedir que ela nadasse. Então Nicola percebeu que estava olhando um mapa da região de Northumberland... um mapa de sua casa.

Mas, embora reconhecesse o rio Tweed, não conseguia entender o que o resto das marcações indicava. A mina Killingworth — que ela reconhecia pela localização próxima ao rio — estava marcada com um X, e havia uma linha que se estendia daquele X ao longo do rio com pequenos cortes, como uma escada. Pelo visto ela atravessava exatamente o lugar no mapa onde a Abadia Beckwell estaria localizada, se o cartógrafo tivesse se incomodado em desenhá-la, e seguia direto até chegar a Stockton, uma cidade a alguns quilômetros da abadia.

Contudo, quem quer que tivesse feito o mapa — e Nicola só podia imaginar que fora Edward Pease, o autor de todas as cartas na pilha que ainda segurava — tinha deixado a propriedade de fora. Ou talvez tivesse se confundido. Porque não havia uma estrada — se é que *era* uma estrada indicada pelas pequenas linhas — entre Killingworth e Stockton.

E então, enquanto Nicola continuava ali, girando o mapa de um lado para o outro e tentando entendê-lo, a jovem compreendeu.

A linha tracejada não era uma estrada. Ou ao menos não uma estrada *normal*.

Era uma *ferrovia*.

Ela estava convencida daquilo. Era exatamente igual ao trilho do *Pegue-me quem puder*.

E o trilho passava direto pelo terreno da Abadia Beckwell.

Ela estava tão absorta no mapa que não ouvira os passos além da porta do escritório. Na verdade, nem tinha percebido que não estava sozinha até escutar uma tosse. Agachada embaixo da mesa, Nicola congelou imediatamente, mal ousando respirar.

Esforçando-se para ouvir, pois o móvel a impedia de ver, ela tentou decifrar quem tinha entrado no cômodo. Se fosse uma das empregadas ou Jennings, o mordomo, estaria tudo bem.

Mas, se fosse Lorde Farelly e ele tentasse sentar à mesa, se deparando com Nicola no lugar que deveria ser ocupado por seus pés, ela sabia que estaria muito encrencada.

Alguém tossiu de novo. Então ela ouviu:

— Ah, ali está. Eu disse que ele devia ter esquecido. Juro que ele perderia a cabeça se não estivesse grudada ao corpo.

A nuca de Nicola formigou de alívio. Era apenas a Sra. Steadman, a governanta. Espiando por trás da mesa, ela viu a mulher sair apressada do cômodo, segurando sob o braço um dos paletós noturnos do Deus. Lorde Sebastian devia tê-lo esquecido ali na noite que o pai o havia chamado para tomar um brandy antes de se recolherem.

A porta do escritório se fechou com firmeza quando a governanta saiu, e, sozinha outra vez, Nicola pôde voltar a respirar livremente. Levantando-se, ela lançou um olhar rápido pelo cômodo para ter certeza de que o deixaria do mesmo modo como o encontrara. Não viu nada fora do lugar. Quando voltasse, a única coisa que Lorde Farelly podia notar de diferente era o mapa, pois o papel não estaria lá. Isso porque Nicola o escondera sob a manga. O conde certamente se perguntaria como o papel tinha sumido, mas a jovem duvidava de que seria alvo de suspeitas. Afinal, ela era uma dama.

Uma dama que tinha uma decisão para tomar imediatamente, com ou sem enxaqueca.

Capítulo Dez

Ele estava atrasado.

Nicola não podia culpá-lo. Considerando o último encontro de ambos — ou melhor, penúltimo, ao que tudo indicava —, não era como se tivesse muito incentivo para vê-la, ou mesmo desejo.

Ainda assim, era grosseiro deixar uma dama esperando. Especialmente uma dama que não tinha nenhum acompanhante, e cujo grande risco de ser descoberta aumentava a cada segundo. Pois se Lady Honoria — ou, pior ainda, a mãe desta — chegasse em casa antes que Nicola voltasse, e desse por sua falta, a jovem teria muito a explicar. Damas não marcavam encontros clandestinos com cavalheiros em parques públicos... Ainda que o cavalheiro fosse seu parente.

— Tem um trocado, madame?

Nicola se assustou. Uma senhora mais velha, com um xale grosso cobrindo a cabeça e os ombros — grosso demais até, considerando o calor de fim de tarde, notou a jovem —, surgiu ao lado do banco onde ela estava sentada, esticando uma das mãos enrugadas.

— Um centavo? — pediu a mulher com esperança. — Qualquer coisa sobrando, querida?

Com o coração ainda batendo acelerado — considerando o que tinha acontecido da última vez que se aventurara naquele mesmo parque, não achou nada estranho que se sentisse tão nervosa —, a jovem abriu a bolsa, achou um centavo e o colocou na mão da senhora.

— Que Deus a abençoe — disse a idosa, pois era isso que a mulher *era*, e precisava desesperadamente de uma limpeza. Não estivesse hospedada com os Bartholomew, Nicola provavelmente teria tentado fazer isso, levando-a para casa. Então a mendiga seguiu para o casal que ocupava o banco ao lado. A jovem não pôde deixar de pensar que eles deviam ter conseguido escapar da chaperone, ou eram recém-casados, pois os dois pareciam incapazes de se afastar e não paravam de passar as mãos um no outro. Ela havia cuidadosamente escolhido aquele banco porque era longe da vista das carruagens. Infelizmente, não era a única que queria isolamento. Ainda bem que ela e o Deus tinham um pouco mais de autocontrole que *certas* pessoas...

— Nicola?

Sobressaltada, ela pôs a mão sobre o peito e virou-se para repreender o primo.

— Está atrasado — acusou Nicola. — E quase me matou do coração.

De forma meio rude e sem pedir permissão para sentar, o Almofadinha se acomodou no banco, movendo para o lado a cauda do fraque verde-acinzentado que vestia.

— Minha mão no jogo de uíste do clube era imbatível — explicou o rapaz, irritado. — Então sua mensagem chegou. Esperava que eu simplesmente me desfizesse das cartas? — Ele fez uma careta. — Não responda. Conhecendo-a, acho que já sei a resposta.

Nicola não estava magoada. Nada que o Almofadinha dissesse podia magoá-la. Na verdade, ficava mais ofendida pelo tipo de pessoa que ele era do que por sua atitude em relação a ela. O fraque verde-acinzentado até poderia ser uma roupa normal numa pessoa qualquer, mas Harold tinha escolhido combiná-lo com um colete xadrez — *xadrez* — e com calças vermelhas — *vermelhas*. Mesmo no Natal, a jovem não teria aprovado uma roupa daquelas. Não era a primeira vez que se perguntava se o primo por acaso não era daltônico.

— Quer me contar — indagou Harold — o que era tão importante que precisou me arrastar do clube para encontrá-la neste sigilo todo e num lugar tão terrivelmente fora de mão?

— Não — respondeu Nicola. — Quero dizer, sim, vou explicar. Quero dizer...

— Tem um trocado, senhor?

O Almofadinha olhou para cima e, assim como a prima, levou um susto com a pedinte. Mas, diferentemente da jovem, ele não levou a mão ao bolso para pegar algum dinheiro. Em vez disso, disse:

— Por Deus, mulher, o que está pensando, tocando em mim assim? Saia daqui, ou chamo os guardas para prendê-la por ficar aí, como uma mendiga.

A senhora se afastou, resmungando, e Nicola pensou — mais uma vez — o quanto desprezava seu primo Harold. Então, recordando-se, com culpa, de que o próprio noivo reagira da mesma forma a uma pedinte bem mais comovente, ela se obrigou a lembrar do quanto era incômodo ser constantemente abordado com pedidos para dividir seu tão suado dinheiro.

— Qual era o nome do homem que queria comprar a abadia? — perguntou a jovem sem preâmbulo, tentando acabar rapidamente com aquele encontro.

Harold se virou para encará-la como se ela fosse tão perturbada quanto a pobre criatura que ele acabara de enxotar.

— Me trouxe até aqui para me perguntar *isso*?

— Sim — confirmou Nicola. — Quem era?

— Edward alguma coisa. Ah, sim. Pease. Edward Pease. — O olhar do Almofadinha vagou para o casal no banco ao lado. — Minha nossa — comentou ele. — O que está *acontecendo*?

— Esqueça isso — respondeu a jovem. O coração parecia ter se apertado ao ouvir aquela informação... a primeira coisa que ele falara, não o comentário sobre o casal se beijando; parecia que uma garra invisível tinha lhe atravessado o peito e arrancado o órgão para comprimi-lo. Edward Pease. Edward Pease era o homem que fizera a oferta pela abadia. Edward Pease, que pelo visto queria construir uma ferrovia entre Killingworth e Stockton. E, ao que parecia, a única coisa no caminho daquele plano era a Abadia Beckwell e a recusa de Nicola em vendê-la.

— Por que todo esse interesse em Pease de repente? — perguntou Harold conforme os olhinhos de porco acenderam. — Quer dizer que mudou de ideia com relação à venda? É isso? Quer que meu pai entre em contato com o homem e dê andamento ao processo? Porque é só falar, Nicola, e ele fará isso para você. Meu pai não guarda rancor pelo modo como você me tratou. Embora isso se deva em parte a mim, pois obviamente me abstive de contar a ele todo seu comportamento vergonhoso.

Sentindo o mapa na manga do vestido, onde ela o colocara, a jovem não disse nada. Então era verdade. Era tudo o que conseguia pensar. Tudo o que Nathaniel dissera era verdade. Harold também, pensando bem. Ele dissera que um sujeito como o Visconde Farnsworth jamais poderia amar uma menina como Nicola. E aparentemente estivera certo. Visivelmente o deus ia se casar com ela por um desejo do pai, que era amigo de Edward Pease; para ajudar o conde a pôr as mãos na abadia.

Mas não. Não podia ser. Nicola relembrou todos os momentos felizes que tivera com Lorde Sebastian. Não, não era possível. Não podia ter sido apenas fingimento. O Deus tinha que gostar um pouco de Nicky. Mesmo o pai mais controlador não podia forçar um filho a pedir em casamento uma menina da qual ele não gostava. Sebastian *tinha* que gostar dela. Simplesmente *tinha*. A situação com a Abadia Beckwell e Edward Pease... Bem, certamente era só uma coincidência. Certamente era só isso.

Sem saber direito o que fazia, Nicola se levantou e saiu andando, sem sequer uma palavra. Ela imaginava que precisaria retornar à casa dos Bartholomew, mas não tinha pensado conscientemente a respeito daquilo até o Almofadinha segurá-la pelo pulso.

— Nicola — disse ele. — Aonde vai? Qual é o problema? Mandou que eu viesse correndo até aqui para me perguntar o nome de um sujeito qualquer e pronto? Vai simplesmente me deixar aqui?

— Me desculpe, Harold — respondeu a jovem, aturdida. — Eu... eu acho que não estou me sentindo bem. É... é melhor eu voltar para casa.

O Almofadinha parecia dividido entre indignação e preocupação. Ainda estava irritado por achar que ela o tratara mal, mas mesmo ele precisava admitir que Nicola não parecia estar em seu habitual estado combativo naquele momento, pois seu rosto empalidecera de repente.

— Nicola — disse ele. — Deixe que eu a leve para casa pelo menos.

Não era o que ela queria — porque, conhecendo seu primo, ele provavelmente se convidaria para ficar para o jantar —, mas, como realmente estava se sentindo muito esquisita, a jovem permitiu que o rapaz a colocasse na carruagem para deixá-la nos Bartholomew... onde, para agravar sua aflição, descobriu que tanto Lady Farelly quanto a filha lhe haviam precedido. Ambas ficaram bastante surpresas ao ver que Nicola, que estivera de cama com enxaqueca da última vez que a tinham visto, saíra de casa com ninguém menos que o Almofadinha, uma pessoa que a jovem não escondia detestar.

Mesmo sentindo-se indisposta — além de confusa — por causa da terrível descoberta, Nicola conseguiu arrumar forças dentro de si para pensar em uma boa desculpa para o comportamento aparentemente estranho. Ela explicou para as damas da casa que, após ter se recuperado da dor de cabeça, tinha lembrado que precisava tratar de um assunto urgente com o primo, que gentilmente tinha encontrado com ela no parque... onde a enxaqueca infelizmente retornara de forma avassaladora.

Pelo visto as duas mulheres acharam aquela mentira horrorosa bem crível, pois insistiram para que Nicola retornasse à cama, o que ela fez com satisfação, deixando o Almofadinha nas mãos das damas Farelly. Tudo na vida de Nicola tinha ficado absolutamente complicado demais muito de repente, fazendo com que a jovem se sentisse verdadeiramente indisposta. Apesar de todas as lições cuidadosas de Madame Vieuxvincent, ela jamais dissera qualquer coisa sobre como as pupilas deveriam proceder numa situação como aquela.

Quando chegou à segurança de seus aposentos, Nicola permitiu que Martine a paparicasse, até que a aia, enfim, se convenceu de que sua senhora estava confortável e se recolheu ao próprio quarto, advertindo-a a ficar na cama daquela vez.

A jovem pretendia obedecer com prazer. Ela ficou por quase uma hora sob as cobertas, olhando distraída para o dossel branco acima. Tudo o que conseguia pensar era que não podia ser verdade. Simplesmente não podia. O Deus *tinha* que amá-la! *Tinha!*

Mas... e se não amasse? E se Nathaniel estivesse certo? E Eleanor. O que Eleanor tinha mesmo falado? "Que tipo de pessoa o visconde é?"

Nicola precisava confessar que, após aquela nova e surpreendente informação, ela sinceramente não saberia dizer. Ou melhor: o visconde era o tipo de homem que não hesitaria em acertar a bengala na cabeça de um órfão... Nem em roubar o único patrimônio que ela possuía.

Não. Não, simplesmente não podia acreditar naquilo. Não com relação a Lorde Sebastian. Não com relação ao Deus!

Tudo que Nicola sabia com certeza era de que não poderia se casar com um homem que não a amasse. Não, nem mesmo o Deus. A jovem sabia que, mesmo com tais suspeitas, algumas garotas teriam seguido com o matrimônio. Algumas se convenceriam de que poderiam *fazer* o marido se apaixonar por elas.

Mas que tipo de relacionamento seria aquele? Não como o de Romeu e Julieta, nem o de Tristão e Isolda, ou de Lochinvar e sua amada Ellen. Guinevere não tivera dúvidas quanto ao amor de Arthur *nem* o de Lancelot. Embora jamais tivesse gostado de Guinevere, que sempre parecera meio fraca, Nicola ainda assim se identificava bem mais com ela que com a donzela de Astolat, que morrera de amor não correspondido por Lancelot.

De repente Nicola percebeu que tinha muito mais em comum com aquela pobre criatura do que jamais tivera com a rainha de Camelot.

Como era ridículo. Como era injusto. Que *aquilo* fosse o resultado de se deixar levar pela vida, como sementes ao vento... Bem, Nicola não iria aceitar aquela situação. Não seria como a donzela de Astolat, que perecera diante de uma rejeição sem sequer lutar. E também não seria inconstante como Guinevere. Na verdade, ela decidiu que era mais como Joana D'Arc, mas, infelizmente, esta não tinha sobrevivido tempo suficiente para viver uma história de amor... Ao menos não uma conhecida.

Mas tinha, é claro, lutado em uma guerra. E aquela situação era exatamente isso, concluiu Nicola. Uma guerra.

Então, uma hora depois de ter sido colocada na cama pela aia, Nicola afastou os cobertores e se levantou de um salto, prestes a se armar para a batalha. Não era nada fácil se vestir sozinha, mas ela não ousou tocar a campainha de Martine, pois sabia que a aia iria repreendê-la por estar de pé. Contudo, mesmo sozinha, a jovem conseguiu vestir e amarrar o espartilho, e prender os grampos de cabelo. Em seguida, ao analisar o resultado no espelho, ela achou que estava bastante adequado, até especialmente glamoroso.

Nicola atravessou os aposentos, escancarou a porta, então pôs os pés no corredor para descer as escadas.

A jovem o encontrou, como sabia que encontraria, na mesa de bilhar da biblioteca. O rapaz olhou para cima ao vê-la e comentou:

— Ah, aí está você. Mamãe disse que não estava se sentindo muito bem. Está melhor? Vai à ópera conosco esta noite? Espero que sim; sabe como acho aquilo terrivelmente entediante. Vou precisar que me acorde se eu cochilar nas partes chatas.

Nicola não deu nenhuma resposta. Em vez disso, permaneceu de pé com as mãos nas laterais do corpo — embora em sua cabeça estivesse, na verdade, segurando lança e bastão. E então disse:

— Lorde Sebastian, preciso saber. Você me ama?

O Deus, que estava apoiado sobre a mesa de bilhar para fazer uma jogada difícil, olhou para ela com aqueles longos cílios dourados.

— O quê? — perguntou ele, num tom que era um misto de diversão e incredulidade.

— É uma pergunta bastante simples — respondeu a jovem. — Você... me... ama?

O visconde se endireitou, então pegou um pedaço de giz para passar na ponta do taco de bilhar. E fez aquilo sem tirar os olhos azuis de Nicola.

— Vou me casar com você, não vou? — informou ele, com os cantos dos lábios levemente inclinados.

— Isso não é resposta — argumentou ela.

A curva nos lábios desapareceu. O Deus apoiou o giz e indagou:

— Diga, o que *é* isso? Nervosismo pré-casamento? Não me diga que está pensando em desistir, Nicola. Eu iria parecer um perfeito idiota caso o fizesse.

— Fiz uma simples pergunta — afirmou a jovem, sem sorrir. — E você ainda não me deu uma resposta. Você me ama ou não, Lorde Sebastian?

— Ora, é claro que amo — respondeu o Deus, num tom magoado. — Embora eu deva dizer que já gostei mais de você em outras ocasiões. O que tem de errado com você?

— Por quê?

— Bem, porque normalmente é uma pessoa alegre e agora está parecendo um tanto esquisita.

— Não — retrucou ela, olhando para o teto como se clamasse por forças. — Quero dizer, por que você me ama?

— Por que eu...? — O deus deu uma risada. Nicola não tinha certeza, mas parecia uma risada um pouco apreensiva. — Por que qualquer rapaz ama uma moça? — indagou ele.

— Eu não sei — declarou ela. — E realmente não me importo. Estou perguntando por que *você me* ama.

— Escute, Nicola — disse o rapaz, finalmente apoiando o taco de bilhar. — Você está bem mesmo? Parece um pouco...

— O que você ama em mim, milorde? — Ela não ia desistir.

Dando a impressão de estar extremamente desconfortável, o visconde passou uma das mãos pelo grosso cabelo loiro e a fitou de forma curiosa através dos últimos raios do sol poente filtrados pelo vitral às suas costas. A luz que banhava a sala passava pelos vidros coloridos e manchava o carpete sob os pés de ambos com uma variedade de cores, sendo a principal delas, Nicola não pôde deixar de notar, vermelho sangue.

— Bem — começou o Deus. — Suponho que amo você porque normalmente, quando não está agindo como agora, você é... bem, você é o tipo de garota alegre.

— Eu sou alegre — repetiu Nicola. — Você me ama porque sou alegre.

— Ora, sim — confirmou ele, parecendo mais disposto a falar após as primeiras palavras terem saído. — Você ri muito. Quero dizer, na maioria dos dias.

— Porque eu sou tão alegre — observou a jovem.

— Isso. E não tem medo de experimentar coisas novas. Como o *Pegue-me quem puder*, por exemplo. Poucas meninas teriam andado naquele troço, mas você o fez sem pensar duas vezes. Gostei daquilo. — Lorde Sebastian sorriu para ela de um jeito charmoso. No dia anterior, aquele mesmo sorriso teria feito o coração de Nicola disparar.

Mas, naquele instante, mal causou uma trepidação.

— Você me ama — insistiu ela — e quer se casar comigo e viver comigo para sempre, até que um de nós morra, porque sou alegre e não tive medo de andar no *Pegue-me quem puder*.

O deus considerou a afirmação seriamente. Então, após um momento de reflexão, acrescentou, hesitante:

— E porque você é bonita? — arriscou, como se fosse um teste e ele não tivesse certeza da resposta correta.

Aquilo, no entanto, foi ignorado por Nicola, pois era inteiramente indigno de atenção.

— Iria surpreendê-lo saber — prosseguiu ela — que eu considero o amor uma coisa sagrada que está para além de definições, que é capaz de revelar o melhor e o pior da natureza humana? Historicamente, os feitos em nome do amor foram grandiosos e arriscados. Crimes de horror indizível também foram cometidos exatamente pela mesma razão. Duvido muito, Lorde Sebastian, considerando o que acabo de ouvir, que o que sente por mim se encaixe nessa definição.

A boca perfeitamente desenhada do Deus se abriu. Ele parecia bastante chocado, como se um dos criados da casa tivesse lhe servido uma serpente sibilante em vez de uma tigela de sopa.

— Estaria disposto a morrer por mim, milorde? — perguntou Nicola. — Abriria mão de sua vida pela minha? Não, creio que não. Homens não costumam sacrificar a vida por mulheres que acham *alegres*. Quando eu amar alguém, e note que digo *quando*, pois, a partir deste momento, não creio que o que senti por você, milorde, tenha sido amor... Não amor verdadeiro e eterno, como uma mulher sente por um homem, como Desdêmona sentia por Otelo, ou Cleópatra por Marco Antônio... Quando eu amar alguém será para sempre, e não por causa da aparência daquela pessoa, ou por ele me fazer rir ou não, mas porque teremos uma visão comum da vida e de tudo que nela há de inesperado, formando uma ligação única e impossível de ser definida. Quando estivermos separados, mesmo por um instante, nossos seres irão chorar desesperados, até que estejamos novamente juntos. E eu prontamente iria morrer mil vezes para evitar que ele sofresse uma única morte.

"Isso — concluiu ela — é o amor, Lorde Sebastian, e infelizmente não é o que você e eu sentimos um pelo outro.

Portanto, com pesar, não creio que possa me casar com você. Tenho certeza de que irá compreender."

Então, dando meia-volta, Nicola caminhou com tranquilidade, porém rapidamente, para a saída do cômodo, sem parar ao ouvir o visconde gritar atrás dela:

— Nicola! Nicola, espere!

Ela continuou seu caminho. Não parou nem mesmo quando Lady Farelly, que passava pelo corredor bem no momento que Nicola saía da sala de estar, exclamou:

— Srta. Sparks! O que está fazendo fora da cama?

Não, a jovem não parou, nem mesmo ao chegar à porta da frente por onde saiu, escancarando-a para o desconforto do mordomo. Ela não parou de andar até chegar à casa de Eleanor, a algumas ruas de distância; até chegar à porta e apertar a campainha.

Uma empregada de touca branca a recebeu, parecendo bastante surpresa ao ver uma visita numa hora tão pouco convencional, bem depois do horário do chá, porém antes da hora do jantar. Nicola perguntou se Lady Sheridan estava em casa, e a mulher disse que ia verificar.

Mas felizmente Lady Sheridan estava por perto e foi até a porta ao ouvir a voz da menina. A senhora pôs a empregada de lado, em seguida fitou a amiga mais próxima de sua filha com grande surpresa e exclamou:

— Nicola! O que está fazendo na rua a esta hora? Veio de carruagem? Certamente não andou até aqui sozinha. Você está bem, querida? Aconteceu alguma coisa?

Em resposta, Nicola simplesmente jogou os braços no pescoço de Lady Sheridan, irrompendo em lágrimas.

Parte Dois

Capítulo Onze

Não havia nada no mundo — ao menos não no mundo tal como era em 1810 — tão irreparavelmente prejudicial à reputação de uma dama quanto um casamento falido. A única coisa que se aproximava um pouco da vergonha e da degradação de tal desastre era um noivado desfeito. Madame Vieuxvincent tinha advertido suas meninas com muito vigor a respeito, pedindo que pensassem muito, muito mesmo, antes de romper um noivado, pois aquela atitude poderia não só levar à humilhação pública como também a uma ação judicial. Alguns amantes rejeitados não estavam acima de processar a parte que os tinha deixado por quebra de promessa.

Contudo, no momento, Nicola não conseguia deixar de pensar que Madame não deveria ter ensinado sobre o perigo de terminar um noivado, e sim sobre o perigo de entrar em um de forma imprudente, para começo de conversa.

Pois a jovem poderia ter evitado a situação na qual estava caso tivesse parado para considerar, por um instante sequer, como realmente seria estar casada com o Deus. Ao ser tomada por um assombro bobo por causa do pedido de casamento, Nicola fora incapaz de pensar sobre qualquer outra coisa além do casaco de pele de arminho que usaria quando se tornasse viscondessa, e de como seria bom quando finalmente pudesse tocar os cílios de Lorde Sebastian, pois como esposa teria todo o direito de fazê-lo.

Jamais tinha parado para refletir sobre como os dois, ela e o deus, tinham pouco em comum. Jamais se perguntara: *O que iremos conversar durante o jantar?* Pois, para falar a verdade, o rapaz raramente falava durante as refeições, exceto para pedir a manteiga, ou, às vezes, para contar uma história longa e terrivelmente chata, aos ouvidos de Nicola, sobre algum cavalo em que acabara apostando ou não. Sem dúvida era absolutamente agradável observar o Deus nessas situações. Mas ele deixava a desejar no quesito conversas. A jovem não podia nem mesmo esperar que ele soubesse uma única notícia da atualidade, pois o visconde raramente abria um jornal; e quando abria era apenas para olhar a seção de esportes. Os céus sabiam que ele jamais tinha lido um único romance, que dirá uma coleção de poesia.

Por que não levara em conta todas essas coisas antes de aceitar o pedido de casamento, Nicola não podia compreender. Só sabia que não havia qualquer possibilidade de se casar com o visconde no fim das contas.

Então a jovem seguira para o lugar mais seguro em que conseguira pensar — os braços de Lady Sheridan, sempre tão amorosa com ela, de onde não tinha a menor vontade de sair. Então, o que fez a seguir, depois de Eleanor e sua mãe a terem acalmado e reconfortado o bastante para que ela lhes contasse tudo, foi mandar um recado a Martine por um empregado, informando que ela fizesse as malas imediatamente e a encontrasse nos Sheridan.

Depois, com a ajuda de Lady Sheridan, Nicola mandou uma nota de desculpas a Lady Farelly, agradecendo a hospitalidade, mas explicando também a impossibilidade de seu casamento com o visconde. Ela enviou com o bilhete o anel que Lorde Sebastian lhe dera. Dessa forma, pôs fim de vez ao noivado com o Deus.

Ou ao menos era o que esperava. Afinal, seria obviamente muito entediante se o rapaz resolvesse criar caso, embora Nicola não achasse que ele poderia querer entrar na justiça — pois não era como se ela tivesse muita renda, e processar uma órfã sem um tostão, ainda que o pai tivesse sido barão, seria visto de forma totalmente cruel pela imprensa.

Mesmo assim, Nicola tinha imaginado que haveria algum tipo de represália, o que de fato acontecera logo na manhã seguinte, enquanto ela ainda estava na cama; afinal, passara a maior parte da noite acordada com os olhos lacrimejando e a cabeça latejando. Aparentemente os céus decidiram puni-la por inventar a enxaqueca do dia anterior lhe dando uma de verdade.

Foi Eleanor quem trouxe a má notícia... Eleanor, que no papel de amiga leal tinha obviamente concordado inteiramente com a decisão de Nicola de terminar o noivado. Segundo ela, um homem cujas únicas palavras de afeto a sua prometida serviam para informá-la que ele a achava alegre simplesmente não era um homem de verdade. Como Nicola, a jovem estava bastante amargurada e decepcionada com o Deus...

Ainda mais na manhã seguinte, quando Eleanor correu para avisar à amiga que ele tinha aparecido, exigindo falar com a ex-noiva e insistindo que nada nem ninguém iria impedi-lo de ver a jovem... embora, na realidade, Nathaniel e dois empregados estivessem barrando o acesso do visconde à escada que levava ao quarto de visitas onde Nicola estava.

— Ele parece um tanto transtornado — advertiu Eleanor. — Meio selvagem, na verdade. Eu arriscaria dizer que sua gravata não foi nem passada esta manhã.

— Imagino que esteja histérico porque o pai ameaçou cortar sua mesada — comentou Nicola, amargamente, com o rosto no travesseiro.

— Por que o pai faria isso? — questionou a amiga.

Mas Nicola não podia contar aquilo a ela... sobre o Sr. Pease e o plano de expansão da ferrovia da Companhia Stockton & Darlington, que atravessava justamente o terreno da Abadia Beckwell. O fato de o visconde ter tentado se casar com ela sem sentir amor algum já era ruim o suficiente. E seria simplesmente muito humilhante se as pessoas descobrissem *por que* ele quisera se casar; a jovem tinha certeza de que Nathaniel estava correto na suposição de que Lorde Farelly estava de algum modo envolvido no esquema com o Sr. Pease para pôr as mãos em suas terras.

Ademais, estava tudo terminado. Nicola estava em segurança nos Sheridan. Então por que mencionar aquilo?

— Sei lá — disse Nicola, mordendo os lábios. — Acho que estou só falando bobagem.

— Ah, mesmo assim, Nicola — respondeu Eleanor, preocupada. — Me pergunto se não deveria vê-lo. Acho que ele não entendeu muito bem que está tudo acabado entre vocês.

— Eu mandei o anel de volta — lembrou ela. — Como posso deixar mais claro?

Mas pelo visto até mesmo um gesto tão óbvio quanto a devolução de um anel de noivado não era suficiente para convencer Lorde Sebastian de que tudo estava realmente terminado entre os dois. Nos dias que se seguiram, conforme Nicola lentamente se recuperava da humilhação, o visconde continuou insistindo em procurá-la, tentando vê-la pelo menos três vezes ao dia — ainda que toda vez fosse mandado embora, sem nem mesmo um vislumbre de Nicola. Como se ficar postado na sala de espera do primeiro andar dos Sheridan não fosse suficiente, o rapaz também tinha mandado um buquê de rosas atrás do outro, aparentemente esperando que a jovem fosse ser contagiada pelo perfume de tantas flores e, assim, mudasse de ideia.

— Terá de vê-lo em algum momento — comentou Eleanor no primeiro dia que Nicola se sentiu melhor para jantar com o resto da família, e não sozinha no quarto.

— Digo, não poderá se esconder até o fim da temporada. Vão acabar se encontrando no Almack, pelo menos.

— Eu sei — concordou Nicola. Enquanto isso, Martine estava sendo especialmente agressiva com os cachos grossos e escuros da patroa. Como uma típica francesa, não compreendia o problema de um matrimônio sem amor e ficara bastante zangada agora que sua senhora não seria mais uma viscondessa. Por isso, fez a jovem exclamar em intervalos regulares conforme lhe arrumava: — Ai! Tome cuidado, Martine.

— Pelo menos precisa descer e dizer a ele que não mudou de ideia — aconselhou Eleanor. — Aí talvez ele a deixe em paz por um tempo. A não ser que não tenha certeza, é claro, e que sua paixão por ele vá despertar novamente ao vê-lo.

— Posso garantir, Eleanor... Ai, Martine! Precisa *realmente* ser tão brusca? Minha paixão por Lorde Sebastian morreu totalmente. Só não quero vê-lo, assim como não quero ver nenhum dos Bartholomew tão cedo. Estou errada?

— Acho que não — respondeu a amiga, lealmente, saindo em seguida para dizer ao visconde que Nicola ainda se recusava a vê-lo.

No entanto, havia uma pessoa que fora visitá-la e a qual Nicola não podia se recusar a receber. Esta pessoa era seu responsável legal, Lorde Renshaw.

— Ah, não — resmungou ela ao saber daquilo. — Não o Rabugento! O que será que *ele* quer?

Mas a jovem estava bastante certa de que sabia o que o homem queria. Então entrou na sala de estar onde ele aguardava — com um lenço no nariz para estancar os espirros causados por todas aquelas rosas enviadas pelo visconde — com a própria defesa já bem-pensada.

— Não tema, milorde — disse Nicola, com tranquilidade, ao entrar no cômodo. — Vou pagar até o último centavo do dinheiro que me emprestou para o enxoval. Na realidade, gastei apenas uma pequena parte com flores de seda laranja para meus sapatos de casamento. Posso devolver o restante imediatamente...

Com os olhos avermelhados, o Rabugento sibilou por trás do lenço:

— Não vim aqui para falar com você sobre o dinheiro que emprestei, sua garota tola. Vim para perguntar se perdeu o juízo.

Ela olhou para o homem com uma certa surpresa. Nicola sabia que receberia algum tipo de ataque, afinal o Rabugento era extremamente antiquado e tradicional. Ainda assim, a não ser pelo dinheiro que gastara, não achou que Lorde Renshaw se importaria tanto com sua decisão de não se casar com o visconde.

— Lamento muitíssimo por tê-lo decepcionado, milorde — replicou a jovem, sentindo-se um pouco ofendida. — Mas imagino que me queira casada com um homem que me ama. E este não é o caso de Lorde Sebastian.

— Amor! — exclamou o Rabugento, como se a palavra fosse, na verdade, extremamente desagradável. — É só nisso que meninas como você pensam. Suponho que tenha se recusado a casar com meu filho por isso também. Veja só o que dá adquirir uma educação. Que ideia ridícula esta de dar educação às mulheres. Esses poetas, o tal de Byron, e Wordsworth, e Walter Scott, são empurrados para cima de vocês e enchem suas cabeças de baboseiras sobre cavaleiros e disputas de amor. Bem, desculpe desapontá-la, Nicola, mas na vida real não há cavaleiros, e as disputas de amor não chegam nem perto de acontecer com tanta frequência quanto nos livros. Na vida real, Nicola, homens e mulheres se casam porque é a coisa sensata a fazer... E teria sido extremamente sensato de sua parte ter se casado com o Visconde Farnsworth.

Apesar de se sentir agredida, Nicola conseguiu controlar o temperamento por tempo suficiente para responder, da forma mais suave que conseguiu:

— Talvez tivesse sido sensato do ponto de vista financeiro, milorde, mas não no que diz respeito a meu coração.

— Seu coração. — O Rabugento assoou o nariz de forma barulhenta. — E sua barriga, moça? Pois quero saber como pretende continuar enchendo-a se ficar recusando um pretendente após o outro. Cem libras por ano não dão para muito, e você não vai poder depender para sempre da família de suas colegas de escola para hospedagem e alimentação.

Ela semicerrou os olhos para o homem. Nossa, que criatura detestável. Nicola não sabia o que tinha feito para merecer carregar o fardo de um parente tão desagradável.

— Posso sempre — retorquiu a jovem, com uma doçura que nem de longe sentia — retornar à Abadia Beckwell, não é, milorde? Afinal, não a vendi. Não acha que pelo menos isso foi sensato de minha parte, considerando as circunstâncias?

Finalmente, ao encontrar um canto longe o bastante das rosas para que pudesse respirar sem espirrar, o Rabugento abaixou o lenço e lançou um olhar raivoso na direção da jovem.

— Não, é claro que não — declarou ele, bem irritado. — Poderia viver bem e confortavelmente com 12 mil libras. Ainda pode. A oferta continua de pé, sabia? É só falar e...

Nicola sentiu uma coisa borbulhando dentro de si. Mas daquela vez não era uma gargalhada. Não, era raiva, quente e escura.

— Vender a abadia? — Tanto o tom da jovem quanto o volume de sua voz se elevaram perigosamente. — Vender minha única casa? Ah, que ótimo. E não suponho que saiba por que o Sr. Pease quer comprar a abadia, sabe?

O homem ficou levemente chocado. Ele sabia, é claro, que a jovem por quem era responsável tinha um temperamento difícil — afinal praticamente não o atacara, certa vez, raivosa, apenas por ter sugerido que seria mais barato, a longo prazo, abater seu velho pônei em vez de continuar o alimentando com aveia triturada, como a idade e a debilidade do animal requeriam? —, mas havia algum tempo que não a via tão irada assim.

— Certamente não — afirmou o Rabugento. — E não acho que seja nem um pouco de sua conta o que quer que o sujeito queira fazer com algo pelo qual está disposto a pagar um preço justo...

— Atravessar um trem por ela! — gritou Nicola. Sim, gritou, e que se danassem as advertências de Madame Vieuxvincent contra levantar o tom de voz dentro de casa, ou em qualquer outro lugar. — É isso que o Sr. Pease quer fazer com a Abadia Beckwell. Passar uma ferrovia bem no meio dela!

Lorde Renshaw estava estupefato. Simplesmente permaneceu parado, com o lenço meio esquecido entre os dedos, enquanto a encarava.

— O que acha que os fazendeiros locais vão pensar? — indagou ela, com a voz ainda atingindo decibéis que deixariam a Madame extremamente chocada. — Ao ver grandes cargas de carvão passando de forma fulminante pelas pastagens? Ah, com certeza as ovelhas vão adorar!

Após a perplexidade do Rabugento ter diminuído um pouco, ele observou a jovem com cautelosa.

— Ora, ora — disse Lorde Renshaw, num tom que, Nicola presumiu, pretendia ser tranquilizador, mas conseguiu exatamente o oposto daquilo, graças às rosas, pois soava catarrento e falso. — Ora, ora, minha querida. Não sei onde ouviu esse boato terrível, mas posso garantir que é tudo um mal-entendido...

— Não é um mal-entendido — vociferou Nicola. — É uma informação perfeitamente verdadeira. — Ela estava com o mapa ali; na verdade, raramente se separava dele. A jovem tinha criado o hábito de segurá-lo com frequência, sempre que achava que a decisão de não se casar com Lorde Sebastian precisava ser reforçada. Afinal, não era fácil abrir mão de um deus... Mesmo um deus que a tratara de forma tão desprezível.

Nicola considerou mostrá-lo a Lorde Renshaw. Mas sabia que aquilo só levaria a perguntas indesejadas sobre como ela conseguira tal informação. Uma coisa era quebrar a regra de Madame sobre gritar. Outra bem diferente era ser acusada legitimamente de bisbilhotar e furtar. E Nicola não estava disposta a ser repreendida pelo tutor por roubo.

— Pois posso garantir a você — disse a jovem, mantendo o mapa guardado em segurança dentro da manga, onde tinha sido acomodado tão confortavelmente desde que o encontrara — que o que estou falando é verdade. Percebe agora por que nunca poderei vender, não é, milorde? Porque, enquanto eu estiver respirando, a Abadia Beckwell irá permanecer de pé.

Por um instante, ela achou que o Rabugento tinha entendido, que estava tão aterrorizado quanto ela com a ideia de trilhos de metal atravessando os pastos pontilhados de ranúnculos que cercavam o lar ancestral da jovem. Que ele também não podia suportar a ideia de um trem — um muito, muito maior que o *Pegue-me quem puder* — passar acelerado por onde certa vez fora a sala de café da manhã da Abadia Beckwell, com suas janelas em painéis de losango decoradas por grades de chumbo detalhadas, e as pesadas vigas de carvalho, e o piso de pedras. Que ele estava tão consternado quanto ela ao pensar na fumaça escura e grossa que pairava sobre a Mina Killingworth, encobrindo o céu azul e sem nuvens acima do lar de sua infância, o lugar mais lindo do mundo, na opinião de Nicola. Que ele também entendia a responsabilidade moral da jovem em proteger, a qualquer custo, as coisas que tinham sido deixadas para ela.

Mas então Lorde Renshaw ergueu o lenço mais uma vez até o nariz estreito e assoou violentamente.

— Você — disse ele por trás do lenço, que já não era mais branco — é a menina mais difícil que já tive a infelicidade de conhecer, Nicola Sparks. Estou convencido de que sua ligação absurda àquele monte de estrume caindo aos pedaços que chama de lar vai ser sua desgraça. Mas, se quer destruir sua vida, obviamente a escolha é sua.

Antes que a jovem pudesse responder, pois ainda deglutia o comentário do "monte de estrume caindo aos pedaços", o Rabugento acrescentou:

— Sinceramente, Nicola, lavo minhas mãos. Para uma órfã, você sempre foi absurdamente mimada. Sinto muito ao ver que toda essa educação com a qual desperdiçou o dinheiro de seu pai não a tornou nem um pouco melhor.

Enquanto Nicola o encarava com a boca levemente entreaberta, o que teria deixado Madame horrorizada — afinal uma boca aberta era uma abominação diante de um lorde —, o homem assoou violentamente o nariz uma última vez, e então concluiu:

— Não posso imaginar o que o idiota do seu pai estava pensando quando deixou a propriedade para você, e não para mim.

Aquilo bastava. Ninguém — ninguém — ofendia seu pai e se safava.

Com os olhos brilhando, Nicky gritou:

— Vou contar a você o que ele estava pensando. Estava pensando que era melhor não confiar a coisa que mais amava no mundo a um homem totalmente sem caráter e sentimentos!

No entanto, em vez de se sentir ofendido, como ela havia esperado, Lorde Renshaw só revirou os olhos, colocou o chapéu e disse, com a voz cheia não só de muco, mas também de veneno:

— Quero que saiba, garota ignorante, que o que quer que aconteça a seguir, você terá apenas a si mesma para culpar.

Ao dizer aquilo, o Rabugento se retirou.

E Nicola afundou em meio às dezenas de rosas que Lorde Sebastian deixara para ela, sentindo que não só os joelhos cediam, mas — o que era ainda mais alarmante — o espírito também.

Capítulo Doze

— Nicky?

Nicola, aconchegada no divã da saleta da frente da casa dos Sheridan, olhou para cima, assustada.

— Sou só eu — disse Nathaniel, sentando-se ao lado da jovem. — Ouvi a gritaria. Você está bem?

Ela assentiu sem dizer nada, não confiando em si mesma para falar. A jovem tentava recobrar a compostura após o encontro bastante perturbador que acabara de ter com seu tutor, mas estava sendo difícil. Sentia as lágrimas se acumulando no canto dos olhos, e o nariz formigava um pouco. Ela estava impressionada por ainda ter lágrimas para chorar após a perda de Lorde Sebastian. Mas pelo visto lágrimas eram inesgotáveis — ao contrário do dinheiro e da paciência de Lorde Renshaw.

Ainda assim, não gostava da ideia de chorar na frente de Nathaniel Sheridan. Por que Nicola não conseguia manter um ar de desdém e indiferença, como Madame sempre estimulara, diante deste cavalheiro em particular? Conseguia fazê-lo tão admiravelmente com outros. Por que não com Nathaniel?

Ela tentou secar disfarçadamente os olhos com o adorno de rendas de uma das mangas do vestido, esperando que ele não notasse que estava lacrimejando. Mas aparentemente não disfarçara bem o suficiente, pois um momento depois havia um lenço branco limpo diante de si.

— Vá em frente — disse Nathaniel, quando ela o fitou.
— Está limpo.

A jovem não esperava nada diferente. Apesar do amor do rapaz pela matemática e pelas ciências, ele não fazia o tipo do acadêmico desleixado; ao contrário, mantinha sempre uma aparência elegante e agradável. Tinha sido uma das coisas que a deixara mais furiosa com relação a Nathaniel: que sempre estivesse tão arrumado, até mesmo atraente, enquanto tinha uma personalidade tão irritante. Aquilo fazia com que fosse muito difícil odiá-lo, ou mesmo encontrar um apelido adequado para ele, como fizera com diversos homens de sua vida. Professor não parecia certo, e Ábaco também não encaixava. Ele continuava simples e teimosamente como Nathaniel em sua mente.

— Obrigada — agradeceu a jovem, hesitante.

Então, pegando o lenço, tentou consertar qualquer dano que o rosto tivesse sofrido... Por mais que não pudesse deixar de questionar — mesmo aceitando a ajuda e secando as lágrimas — o que Nathaniel estava fazendo exatamente, por que estava sendo tão agradável com ela. Não era nem um pouco a cara dele.

Em seguida Nicola lembrou que, nos últimos tempos, o rapaz lhe fizera inúmeras gentilezas. Primeiro, ele a salvara da dança com o Almofadinha; depois, tinha advertido a jovem sobre Edward Pease — como será que ele viera a saber daquilo? — e, desde que fora ficar com os Sheridan, embora o tivesse visto pouco porque ela permanecera na maior parte do tempo recolhida à cama, Nathaniel tinha lhe prestado diversos favores, como manter Lorde Sebastian afastado dos cômodos da casa onde sabia que ela provavelmente estaria. Realmente, estava sendo zeloso como se ela fosse uma irmã de verdade, como ela e Eleanor com frequência tinham sugerido, brincando. Era uma sensação estranhamente reconfortante.

E Nicola precisava de um pouco de consolo naquele momento.

— Imagino — disse ele após a jovem ter se recomposto o suficiente para voltar a falar — que Lorde Renshaw não esteja muito satisfeito com você no momento.

— Não muito — respondeu ela, com uma risada rápida e seca. — Não só resolvi não me casar com os pretendentes que ele escolheu, como pelo visto também não sei tomar decisões de negócios apropriadas. Ele disse que lavava as mãos com relação a mim.

— Bem, não acho que isso seja ruim — comentou Nathaniel. — Ele não me parece ser o tipo de sujeito que alguém iria querer que se metesse em seus negócios pessoais. E não é como se ele tivesse sido muito atencioso com você em algum momento, não é mesmo?

— Não, ainda bem — concordou Nicola. — Só espero que esteja mesmo falando a verdade sobre me deixar em paz. Com minha falta de sorte nos últimos tempos, tenho até medo de acreditar.

Sem olhar para a jovem, e sim para o vaso de rosas amarelas que estava sobre uma mesa de canto próxima à extremidade do sofá que ocupava, Nathaniel disse:

— Eu não diria isso. Acho que tem tido uma sorte extraordinária ultimamente.

A risada que ela soltou naquele momento exibia algum humor, mas também uma boa dose de incredulidade.

— Eu?! — exclamou Nicola. — Com sorte? Está louco? Fiquei noiva de um sujeito terrível que, aparentemente, só pretendia se casar comigo para que o pai pudesse construir uma ferrovia bem no meio de minha propriedade. — Como Nathaniel aparentemente já sabia da verdade com relação ao Sr. Pease, não havia sentido em tentar esconder aquilo *dele*. — E você me diz que tenho tido sorte?

O rapaz pegou um botão de rosa do vaso próximo a ele e o examinou enquanto o abria gentilmente.

— Eu diria que sim. — Nathaniel não retirou os olhos da flor. — Afinal, descobriu a verdade antes que fosse tarde demais, não é?

— Graças a você — observou Nicola, sem conseguir evitar uma certa amargura na voz.

Então ele a encarou, e aquele olhar castanho pareceu bem mais claro do que jamais lhe parecera antes.

— Teria sido melhor descobrir *depois* do casamento que o noivo era um canalha mentiroso? — perguntou Nathaniel, com uma sobrancelha escura levantada de forma indagadora.

Nicola se sentiu corar — sem saber se era por causa da pergunta ou devido ao olhar penetrante.

— Bem — disse ela, pouco confortável. — Não, é claro que não. Mas...

— Teria sido melhor se ele simplesmente não tivesse tentado usá-la — concluiu Nathaniel para ela. — Sim, concordo. Ainda assim, Nicky, precisa admitir que, se estiver incluindo no quesito boa sorte a quantidade de bons amigos e de pessoas que se preocupam com você, acho que está muito bem.

E, enquanto falava, o rapaz entregou a rosa semiaberta para ela.

Nicola, que jamais recebera uma rosa de Nathaniel Sheridan — ou qualquer outra coisa, na verdade, a não ser provocações infindáveis —, pegou a flor com o olhar voltado para baixo, pois não conseguia, por sua vida, decidir para onde devia olhar. Aquele era o mesmo Nat que costumava amarrar sua trança na cadeira quando ela não estava olhando? O mesmo Nat que ficava sempre corrigindo sua pronúncia de francês? O mesmo Nat que tinha rido com tanto entusiasmo durante seu recital de *Lochinvar* (que não era para ser engraçado)? Parecia extremamente estranho que tal Nat e esse, que lhe dava lenços e rosas, fossem o mesmo.

Se Nathaniel reparou no quanto ela estava sem graça, não comentou. Em vez disso, disse delicadamente:

— Então, pelo visto, seu coração está partido.

Ainda observando a rosa e admirando a delicadeza dos vincos de cada folha, a textura sedosa de cada pétala profundamente dourada, Nicola respondeu:

— É claro. O seu não estaria? Imagine só a crueldade de considerar uma coisa tão terrível quanto passar trilhos ferroviários por aqueles lindos campos; sem falar na horta de Vovó e em meu quartinho de criança. Que tipo de mente perversa iria sequer contemplar algo tão repugnante? Claramente o Rabugento nunca ouviu que "a natureza nunca traiu o coração que a amou".

Nathaniel fez uma careta.

— Wordsworth de novo?

Nicola o encarou com uma expressão ofendida.

— *A Abadia Tintern* — respondeu ela, na defensiva.

— Suponho que seja adequado nessas circunstâncias — admitiu Nathaniel. — Mas confesso que não estava falando do Rabugento. E sim de Sebastian Bartholomew.

A jovem voltou a encarar a rosa.

— Ah.

Será que Lorde Sebastian havia lhe partido o coração? Ela não tinha certeza. Como deveria doer um coração partido? Sem dúvida uma boa parte de seus sonhos e esperanças tinha se desfeito. Mas, ao longo dos últimos dias, enquanto se recuperava do golpe sofrido, percebera que era perfeitamente capaz de ter novos sonhos e esperanças. Será que aquilo significava que o coração — diferentemente do orgulho, que sentia ter levado um golpe quase fatal — saíra ileso? Ou apenas que a enormidade do que tinha acontecido ainda não a atingira inteiramente?

— Não sei — contemplou ela. — Não creio que esteja irreparavelmente partido. Suponho que os corações sejam bastante resilientes, e não tem por que o meu ser diferente. — Então ela se lembrou da donzela de Astolat, que tinha morrido por causa do coração partido, e acrescentou: — Acho que terei que esperar para ver.

Olhando de soslaio para o perfil de Nathaniel, que encarava outro vaso de rosas num aparador próximo, Nicola o viu assentir. Ao fazê-lo, aquela mecha familiar de cabelo escuro lhe caiu nos olhos. Ele não fez menção de afastá-la. Provavelmente tinha ficado tão acostumado a tê-la ali que já nem a notava mais, pensou ela.

Estranho. Era estranho que Nicola jamais tivesse olhado para Nathaniel Sheridan — *realmente* olhado, como fazia no momento — e reparado que seu rosto tinha feições e traços tão bem-desenhados quanto os de Lorde Sebastian. Na verdade, ele era tão atraente quanto o rapaz que Nicola um dia chamara de Deus. Ela se perguntou se Nathaniel teria agido mais como um deus com ela caso não o conhecesse por tanto tempo e tão bem. Se o tivesse conhecido no Almack — e não naquele recital tantos anos antes, ao qual tinha sido carregado pelos pais de ver a apresentação da irmã mais nova —, será que teria pensado nele de modo diferente? Será que o teria considerado um ótimo partido?

A resposta surpreendente era que sim. Nathaniel Sheridan, apesar de todas as críticas e provocações, era um rapaz extremamente charmoso e bem-apessoado, com ombros tão imponentes quanto os de Lorde Sebastian, e pernas tão longas quanto as do deus também. Por mais que a cor dos olhos não se assemelhasse a um céu sem nuvens, ainda assim era um tom de castanho meio mercúrio que às vezes lhe lembrava do córrego que atravessava a propriedade da Abadia Beckwell, cujas águas — especialmente durante o outono — adquiriam um tom esverdeado, pontilhado pela luz do sol, que era bastante similar à cor dos olhos de Nathaniel Sheridan.

Aqueles olhos piscaram para ela enquanto a jovem pensava coisas agradáveis a respeito deles, então Nicola percebeu, novamente corando, que Nathaniel a pegara observando-o, e que ele também começara a fitá-la.

Minha nossa, pensou Nicola, um pouco alarmada ao desviar o olhar rapidamente. Pois havia parecido para ela que algo tinha acontecido entre eles quando o olhar dos dois se encontrara. A jovem não saberia explicar de modo algum o que exatamente ocorrera. Mas aquilo fez com que ela se sentisse bem tímida... e Nicola não era uma menina tímida.

— Então como ficou sabendo? — perguntou ela, porque estava genuinamente curiosa, mas também para manter a conversa fluindo, pois começava a achar que aquelas longas pausas eram perigosas... Uma garota podia começar a pensar uma série de coisas perturbadoras durante aqueles intervalos.

— Fiquei sabendo o quê? — indagou Nathaniel, num tom de voz que era mais gentil que qualquer outro que ela já ouvira sair de seus lábios antes.

— Sobre o Sr. Pease — explicou Nicola. — E sua ligação com Lorde Farelly.

— Ah — disse Nathaniel, num tom bem mais indiferente, como se tivesse achado que ela se referia a outra coisa inicialmente. — Isso. Sim. Bem, li a respeito no jornal. Digo sobre a locomotiva Blucher. Sabia que Killingworth ficava perto da Abadia Beckwell e que havia algum desejo de conectar a mina de carvão às cidades maiores no entorno e... Bem, tinha achado que aquela oferta para comprar a abadia tinha surgido meio do nada. Sem ofensas, mas Northumberland não é exatamente uma parte do país para onde as pessoas estão querendo se mudar hoje em dia, a não ser talvez para achar emprego. Me pareceu pouco provável que quem quer que tivesse feito a oferta quisesse a abadia por razões residenciais ou agrícolas. E o artigo mencionava que Pease estivera comprando muitas terras na região. Era só uma suposição, porém não ilógica.

— Você sempre teve uma saudável mente dedutiva — comentou Nicola, admirando-o contra a própria vontade. — Meus parabéns, Sr. Sheridan.

Para sua surpresa, Nathaniel se virou para encará-la e pôs uma mão sobre sua mão, que estava apoiada na própria perna, ainda segurando a rosa que ele lhe dera. Chocada com o contato inesperado, a jovem olhou para ele sem saber o que falar, esperando em parte que ele fosse lhe beliscar os dedos de brincadeira e, em seguida, que fizesse um comentário irreverente.

No entanto, quando Nathaniel por fim falou, não havia nada de irreverente no tom... E ele não soltou, muito menos beliscou, sua mão.

— Espero que não pense, Nicky — disse o rapaz, com muito mais seriedade do que jamais lhe ouvira na voz —, que eu *queria* estar certo. Digo sobre Bartholomew. Espero que saiba que eu teria dado qualquer coisa, *qualquer coisa mesmo*, para estar errado se isso significasse poupá-la de alguma dor.

Como aquilo sem dúvida era a coisa mais cavalheiresca e... bem, *gentil* que Nathaniel Sheridan já lhe dissera, Nicola ficou completamente estupefata e apenas conseguiu observá-lo com os olhos espantados e arregalados. Ele a contemplou de volta, com o próprio olhar firme e repleto de algo que ela não sabia muito bem dizer o que era. Certamente algo que jamais vira em seu olhar. Novamente, aquela energia curiosa passou entre eles — Nicola não teria como descrever exatamente com o que se parecia, muito menos o que podia ser mesmo que sua vida dependesse daquilo —, e de repente o coração... seu pobre coitado coração maltratado... começou a acelerar, como as rodas do *Pegue-me quem puder* aceleravam quando o ferro quente tocava a água...

Quem saberia dizer o que poderia ter acontecido em seguida caso a porta da saleta não tivesse sido escancarada naquele instante e Eleanor não tivesse entrado apressadamente, seguida pelo jocoso Sir Hugh.

— Ah, aí está você! — exclamou ela ao ver a amiga no sofá. — Vimos que o Rabugento tinha ido embora, mas não estávamos conseguindo encontrá-la em lugar algum. Você está bem? Ele não foi uma besta com você, foi?

— Só um pouco — respondeu Nicola, com uma risada nervosa. Estava absurdamente agradecida pela entrada da amiga naquele exato momento. Com a interrupção, não só Nathaniel tinha retirado a mão de cima da mão dela, como também afastara os olhos do rosto de Nicola, quebrando a força quase hipnótica que o olhar dele parecia ter sobre ela. A jovem tinha a terrível impressão de que, caso Eleanor não tivesse aparecido bem naquele instante, poderia ter surtado inteiramente e feito qualquer tipo de absurdo, como deixar Nathaniel Sheridan beijá-la.

O que tinha se tornado um pensamento muito tentador, ela precisava admitir.

E não havia nem uma semana do fim do noivado! Que coisa mais escandalosa já estar pensando em beijar outro homem! E o irmão de sua anfitriã, dentre todas as pessoas! Como se não tivesse se metido em confusão suficiente fazendo exatamente aquilo da última vez.

Mas, mesmo assim, Nicola imaginou que beijar Nathaniel Sheridan seria muito diferente de beijar o Deus. Porque, embora deuses fossem ótimos, havia algo a ser dito sobre meros mortais. Especialmente meros mortais com lábios tão bonitos e atraentes como os de Nathaniel Sheridan...

— Nossa! — Sir Hugh estava reparando em todas as rosas espalhadas pelo cômodo. — Este lugar está parecendo um funeral, não acham?

Horrorizada pelo noivo fazer um comentário tão mórbido diante da amiga que ainda estava de luto, Eleanor deu um chute no tornozelo do rapaz, que ainda assim não pareceu entender o recado.

— Por que está me chutando, Eleanor? Só estou dizendo que, se eu fosse a Srta. Sparks, não acharia nada agradável ficar neste mausoléu. O que acha de um passeio de carruagem, Srta. Sparks? Sei que não sai de casa há dias, e acho que um pouco de vento nos cabelos e de sol no rosto lhe faria bem.

Nicola olhou para a rosa sobre a perna. Algumas horas antes, teria rejeitado o convite sem pestanejar, como se tivesse tanto pavor de encontrar Lorde Sebastian que sequer consideraria um passeio pelo parque.

Contudo, naquele momento fora tomada por uma estranha sensação de que o ex-noivo — ou, em todo caso, ao menos a ideia de Lorde Sebastian, que sempre fora mais desconcertante para Nicola que o verdadeiro Lorde Sebastian — tinha perdido qualquer poder sobre ela.

— Ora, obrigada, Sir Hugh — respondeu a jovem, sorrindo. — Gostaria muito, sim.

Então, lançando um olhar a Nathaniel, acrescentou:

— Isto é, se os Sheridan se juntarem a nós.

— É claro! — exclamou Eleanor.

No entanto, a resposta pela qual Nicola se viu esperando de forma apreensiva foi a de Nathaniel. Seu sorriso tranquilo ao dizer "Será um prazer" foi tão bem-vindo quanto o sol que os aguardava do lado de fora.

E, sinceramente, de todas as coisas, *aquela* era a mais curiosa delas.

Capítulo Treze

Uma jovem que tinha sobrevivido à desonra do fim de um noivado poderia, com toda razão, passar o resto da temporada social sem sair de casa, longe dos olhares — e das línguas — maldosos das senhoras de família, bem pouco compreensivas, considerando que as próprias filhas, muitas vezes, ainda nem tinham recebido um pedido de noivado e muito menos tido a chance de romper um.

Na verdade, talvez fosse até preferível que aguardasse a temporada seguinte para voltar à sociedade, esperando que, àquela altura, o comportamento leviano já tivesse sido esquecido ou, pelo menos, descartado como um erro juvenil.

Mas Nicola Sparks não era uma jovem comum. Alguns poderiam atribuir sua singularidade ao fato de a menina nunca ter conhecido a própria mãe e, portanto — exceto durante a estada em Madame Vieuxvincent —

jamais ter recebido instrução sobre o modo adequado de prosseguir num caso como aquele.

Ou, talvez, algo inato a Nicola não permitia que ela sumisse após um escândalo público daqueles, como já ocorrera com tantas meninas, relegadas ao anonimato social.

Qualquer que fosse o caso, o fato era que ela tinha passado apenas uma semana longe do escrutínio da sociedade. Na quarta-feira da semana seguinte, já voltara a frequentar o Almack, onde tinha sido recepcionada pela anfitriã da ocasião de forma fria, mas não inteiramente antipática.

Pois ninguém podia esquecer que Nicola era órfã, tendo somente Lorde Renshaw como figura paterna na vida dela. E obviamente todos que o conheciam — e, para a infelicidade geral, todos o conheciam — só podiam sentir pena da jovem por tê-lo como tutor. Embora houvesse uma quantidade grande de pessoas dando maior apoio ao rico e charmoso Visconde Farnsworth, e não à humilde Srta. Sparks, ninguém pessoalmente a menosprezava pelo que ela havia feito, pois, de forma geral, todos achavam que Nicola era muito jovem e que não tinha tido, até recentemente, muita supervisão adulta.

Então, ao chegar ao Almack na quarta-feira após o término do noivado, houvera um certo comportamento desagradável com relação a Nicola... mas muita, muita curiosidade.

— Mas *por que* fez isso? — indagou Stella Ashton. Nicola mal tinha saído do toucador e fora cercada por perguntas relacionadas ao fim do noivado. — O visconde é o homem mais lindo do mundo!

— *Eu* não iria rejeitar o homem mais lindo do mundo — declarou Sophia Dunleavy. — A não ser que descobrisse algo muito terrível, como um pé torto, ou outra esposa ainda viva.

Stella Ashton — que, para o alívio de Nicola, tinha seguido seu conselho sobre o vestido amarelo e o trocara por outro, de um cor-de-rosa claro, que combinava bem melhor com a pele da jovem — suspirou.

— Ai, diga que não foi isso! Outra esposa? Lorde Sebastian? Onde a deixaria? Ah, não diga que é na Escócia!

Nicola foi forçada a acalmar os temores das moças, explicando que Lorde Sebastian não tinha o pé torto nem uma esposa escondida na Escócia, até onde ela sabia. A jovem lhes contou que simplesmente tinha decidido que era nova demais para casar, e assim resolvera deixar o visconde para uma moça que o merecesse mais e que estivesse pronta para o matrimônio.

Havia gratidão entre as colegas debutantes, o que era bom. Aquilo que Nicola mais temia — isto é, que algumas pudessem suspeitar da verdadeira razão para o rompimento do noivado com o visconde — não aconteceu. Ela não ouviu uma única vez naquela noite as palavras que mais temera: "Ele só ia se casar com ela por causa da propriedade que possui em Northumberland." Ou tampouco o nome de Edward Pease.

Então, pelo menos com relação àquilo, a jovem, de certo modo, conseguira escapar da vergonha que poderia ter sido forçada a enfrentar.

Mas não conseguiu escapar de tudo.

Porque obviamente, se o fim do noivado não iria dissuadi-la de ir ao Almack, sem dúvida não iria dissuadir os Bartholomew também — que estavam ocupados mantendo um ar de perplexidade inocente a respeito do ocorrido.

No caso de Honoria, e possivelmente até de Lady Farelly, Nicola suspeitava de que a falta de culpa provavelmente não era fingida. A jovem certamente não devia ter conhecimento dos planos sórdidos do pai para o lar de infância da querida amiga. Sabia apenas que Nicola tinha rompido todas as relações com a família, de forma repentina e inesperada, mal se despedindo.

Portanto, ao receber Nicola naquela noite, Honoria agiu do mesmo modo frio, o que foi até merecido. Aos olhos da jovem, a amiga magoara gravemente seu pobre irmão, uma atitude pela qual não podia ser perdoada tão cedo. Mas Nicola não podia lhe contar a verdade porque, exceto pelo mapa que encontrara, não tinha realmente nenhuma prova do que suspeitava...

E o mapa fora conseguido por meios nada escrupulosos, é claro.

Então, quando Honoria a cortou no meio de uma quadrilha, Nicola fingiu não notar... Por mais que tivesse quase certeza de que todos no salão viram e que provavelmente aprovavam. Seus olhos arderam com aquela injustiça, mas a jovem conseguiu terminar a série e até mesmo fazer reverência ao parceiro de dança com a graça e o aprumo habituais.

O que não significava que as emoções não estivessem fervendo dentro de si. Afinal, não só Honoria a tinha desprezado de forma bem cruel, como Nicola podia notar com tristeza que ela também havia costurado novamente cada pena que fora retirada com tanto cuidado dos vestidos. Sendo muito sincera, a menina estava ridícula.

Nicola queria muito ir até ela e dizer:

— Pode me odiar o quanto quiser, milady, mas se livre das penas, pelo amor de Deus. Não ficam nada bem em você, definitivamente!

Porém, um ataque daqueles, pelo menos no Almack, seria imperdoável. Então ela fechou a boca e tentou não olhar na direção de Lady Honoria, para que a vontade de arrancar as penas não ficasse impossível de suportar.

Felizmente, a jovem não estava enfrentando aquela desgraça toda sozinha. Não, ela contava com a proteção de Lorde Sheridan que, embora fosse apenas um visconde, ao menos tinha um título de nobreza e era conhecido por não roncar alto demais na Câmara dos Lordes — o que era melhor que nada. E Lady Sheridan também era respeitada na sociedade e uma pessoa de quem todos gostavam. O fato de a senhora ter acolhido Nicola ajudara a silenciar um bocado das fofocas que teriam corrido sem-fim. Muitas das senhoras de família ponderaram que, se Lady Sheridan achava que valia a pena apoiar aquela menina, então devia realmente haver algo que valesse salvar ali.

E, é claro, contava também com Nathaniel, Eleanor e Sir Hugh, pois os três a colocaram sob cuidados especiais, sem deixar que ela ficasse se lastimando pela própria desgraça. A cada golpe recebido naquela noite, o grupo rapidamente a reanimava...

Pelo menos até ela avistar, do outro lado do salão, Lorde Sebastian.

Até o momento, Nicola tinha conseguido evitar olhar no rosto do suposto cavalheiro por uma semana. A última vez que o vira fora quando dissera que não podia se casar com ele.

Uma boa quantidade de pessoas no salão de danças parecia ciente daquilo. Assim, conforme os olhares de Nicola e do visconde se chocaram, um cochicho se iniciou entre as pessoas próximas e ao redor dos dois, como se todos estivessem esperando — e talvez até desejando — que um dos atores da pequena cena dramática que se desenrolava em público fizesse algo extraordinário, como começar a chorar e sair correndo do salão, ou talvez sacar uma arma e atirar em si mesmo.

Quando nenhum dos cenários se concretizou — Nicola simplesmente escolheu ignorar o rapaz, que retornou o favor após um olhar longo e enigmático —, a sociedade, decepcionada por não ter havido sangue, tanto físico quanto emocional, voltou ao que fazia.

No entanto, por mais que fingisse o contrário, Nicola se deixara afetar pelo ocorrido bem mais do que gostaria de admitir. Lorde Sebastian estava tão bonito à luz dos candelabros, os cabelos loiros levemente fora do lugar por causa da dança, a figura extremamente elegante em um terno roxo, cujo corte lhe caía perfeitamente bem! Só de pensar que toda aquela masculinidade poderia ter sido dela, e só dela! Independentemente do fato de, no fim das contas, ele não a querer de verdade. Ainda assim, o visconde tinha a escolhido, entre todas...

Felizmente Eleanor percebeu os sinais e pegou a amiga pelos ombros na primeira oportunidade que teve, sacudindo-a levemente.

— Alegre — lembrou ela, sussurrando. — Ele disse que a amava porque você era *alegre*.

E realmente foi tudo de que precisou para sair do poço no qual afundara ao ver o ex-noivo. É claro. O que lhe passara pela cabeça? Nunca teria dado certo entre os dois. Lorde Sebastian tentaria convencê-la a vender a Abadia Beckwell por causa do pai, e Nicola se recusaria, e não haveria nada além de mal-estar na família. Ela teria se tornado a nora desprezada, a culpada por tudo, independentemente de ter culpa ou não, e tudo por ela ter sido tão teimosa e irracional com relação a uma pequena abadia boba em Northumberland...

Ela não iria pensar mais naquilo. Não iria.

E não pensou. Estava tendo uma noite muito agradável com Nathaniel, mostrando a ele todas as maneiras como as outras damas presentes poderiam melhorar a aparência apenas com pequenos ajustes no vestuário, quando o Almofadinha apareceu de repente.

Como se a noite de Nicola já não estivesse sendo difícil o bastante! Não, pelo visto não só tinha que ser humilhada publicamente pelos Bartholomew, mas também tinha que ser importunada pelos próprios parentes.

Parecendo querer se fazer o mais notável possível, o Almofadinha escolhera aquela ocasião para usar uma combinação que a jovem só podia descrever como *extremamente* penosa. Ele vestia um tecido acetinado marrom — sim, isso mesmo — com um colete num tom intenso de cor-de-rosa. Estava absolutamente chocante. Nicola só conseguia pensar que o alfaiate devia ter feito aquilo como uma piada. Caso contrário, haveria toda razão para levar o homem à praça pública e lhe dar um tiro imediatamente, para que jamais cometesse outro crime tão hediondo contra o mundo da moda.

— Nossa, Harold! — exclamou a jovem ao vê-lo, sem conseguir se conter. — Tem alguma coisa contra um terno de festas preto? Acho que não há nada mais elegante que um homem num terno preto com um corte realmente...

Mas aparentemente o Almofadinha estava sem paciência naquela noite para as dicas de moda de Nicola, pois a interrompeu com uma reverência apressada.

— Prima, posso falar com você sobre um assunto muito urgente? — perguntou ele, desviando o olhar para Nathaniel. — Em *particular*?

Nathaniel, que observara o Almofadinha se aproximar com uma sobrancelha erguida, disse casualmente:

— Sabe, Blenkenship, normalmente não é uma boa ideia conversar sobre um assunto particular em reuniões públicas. Por que não marca um encontro com a Srta. Sparks amanhã para discutir esse assunto tão urgente.

Não era uma sugestão, e sim uma ordem. Não havia como se enganar com relação ao tom de Nathaniel.

Mesmo assim, o Almofadinha não se deixou persuadir. Com os lábios de coelho tremendo um pouco — não por ter herdado a sensibilidade do pai para flores, que estavam espalhadas aos montes pelos salões, mas aparentemente por um excesso de emoção —, ele respondeu:

— Sinto que não será possível, Sr. Sheridan. Preciso falar com a Srta. Sparks, imediatamente.

Nicola suspirou e estendeu a mão ao primo, levantando-se.

— Pode caminhar comigo pela extensão deste salão — informou, firmemente. — Mas apenas uma vez. Se não conseguir falar tudo que precisa durante esse tempo, sugiro que escreva o resto em uma carta, pois, esta noite, estou sem paciência para ouvir... Como suponho que possa imaginar.

Aquele último comentário se referia, é claro, à atual situação social de Nicola, pois era a menina que tinha terminado o noivado com um membro atraente e conhecido da sociedade... O que não era uma posição invejável.

— Mas, veja bem, é por isso que estou aqui — explicou o Almofadinha, apressadamente, num tom baixo de voz, conforme caminhava com ela, já chegando à metade da distância que fora concedida para que ele dissesse o que precisava. — É sobre Lorde Sebastian.

Ao notar que uma série de cabeças tinha virado para eles quando o Almofadinha pronunciara aquelas últimas palavras, Nicola lhe lançou um olhar sério e sibilou:

— Não fale tão alto, Harold, por favor.

O rapaz diminuiu o tom enquanto observava o salão com nervosismo, então sussurrou:

— Venho tentando entrar em contato com você a semana toda. Tenho algo muito importante a falar. Por que não concordou em me ver?

— Ah, me desculpe, Harold — replicou Nicola, com sarcasmo. — Acabei de romper o noivado com o homem com quem achei que viveria pelo resto da vida. Peço desculpas por não pensar em visitas, mas, como qualquer pessoa normal poderia esperar, embora pelo visto não tenha ocorrido a você, eu me sentia prostrada e triste.

O Almofadinha pareceu extremamente surpreso ao ouvir aquilo.

— Você, Nicola? Não acredito. Jamais a vi prostrada na vida. Nem mesmo depois da morte de seu pônei.

A jovem queria muito voltar a se sentar ao lado de Nathaniel. Havia algo tão agradável no rapaz, algo que ela jamais notara até recentemente. Não apenas por ser um rapaz muito atraente — embora certamente ajudasse, é claro. Mas Nicola também gostava muito do fato de os dois aparentemente terem chegado a uma espécie de acordo não verbal desde o dia na saleta: eles eram amigos. Por mais que ainda discutissem, óbvio — e até brigassem de vez em quando, como naquela tarde mesmo sobre os méritos literários do último trabalho do Sr. Scott (Nicola achara a obra magistral, enquanto Nathaniel a desprezara dizendo que era lixo para as massas) —, os dois pareciam concordar com muito mais frequência do que discordavam, para surpresa da própria Nicola. Até mesmo concordavam que Sir Hugh era bom para Eleanor e que Phillip precisava de muito mais disciplina do que recebia dos pais.

De forma geral, era muitíssimo estranho. E muitíssimo maravilhoso. E ela queria voltar àquilo o quanto antes.

— Garanto a você, Harold — disse ela, cansada, querendo terminar aquela conversa logo —, que senti profundamente o fim de meu noivado. Agora me conte, por favor. O que era tão importante que precisávamos conversar aqui, durante um baile?

O Almofadinha olhou em volta mais uma vez, por mais que Nicola não pudesse imaginar quem ele queria evitar tão ansiosamente que os ouvisse. A conversa parecia inteiramente inofensiva até então.

— É só que — sussurrou o Almofadinha, num tom de voz tão baixo que a jovem teve que se curvar de forma nada atraente para ouvi-lo direito, o que teria chocado Madame — sei que conversou com meu pai recentemente.

— Sim — confirmou Nicola, aborrecida. Nossa, era muito Almofadinha mesmo! — E daí?

— Disse a ele que sabia sobre Edward Pease e sobre os planos para construção de uma ferrovia saindo da mina Killingworth.

— Sim — concordou ela, embora precisasse admitir que estava um pouco surpresa por Harold saber daquilo. — Sim, falei.

— Não deveria ter feito isso, Nicola — declarou o Almofadinha. — Realmente não deveria ter feito isso.

— Não deveria ter feito o quê? — perguntou ela, confusa.

— Falado para meu pai que sabia da ligação entre Edward Pease e Lorde Farelly. Pior ainda, que sabia do plano para a construção da ferrovia.

— E por que não? — questionou a jovem. — É verdade, não é?

— Sim — respondeu Harold. — Mas não deveria ter admitido que sabia. Quando revelei o nome de Edward Pease, não tinha ideia de suas suspeitas a respeito de quem ele era, ou de qual poderia ser a ligação do homem com Lorde Farelly.

— E daí? — perguntou Nicola. Ela realmente detestava charadas, e aquela conversa estava começando a parecer uma das grandes. — Sinceramente, Harold, o que quer dizer com tudo isso? Está sendo *muito* entediante.

Foi naquele instante que o Almofadinha lhe agarrou a mão com muita força, puxando-a para perto, e disse num tom de extrema urgência:

— Nicola, você está em perigo. Grande perigo. *Perigo de vida!*

Capítulo Catorze

Nicola levantou o olhar para encarar o primo e disse, nada impressionada:

— Nossa, Harold. Precisa mesmo ser tão dramático?

O Almofadinha se afastou um pouco, então retrucou, parecendo magoado:

— É sério, Nicola, de verdade. Esses homens não estão de brincadeira. É negócio sério.

— Tenho certeza de que é — afirmou ela, alisando a manga do vestido que ele tinha amassado quando a puxara. — Imagino que vão me matar para que seu pai herde a abadia e possa vendê-la, e ficar com as 12 mil libras.

Com surpresa, o rapaz respondeu:

— Doze mil libras? Ah, Nicola. A quantia em jogo é muito maior que *isso*. Doze mil libras era só sua parte. Meu pai iria ganhar bem mais caso conseguisse convencê-la a vender.

— Olhe só — comentou Nicola, com indiferença. — Ora, mas isso não é *ótimo*?

A jovem olhou pelo salão. Ao redor, as pessoas estavam ocupadas dançando e fofocando, flertando e se abanando. Não havia uma única menina que parecia ter acabado de descobrir que seus únicos parentes planejavam matá-la e, então, roubar o que era dela por direito. *Realmente*, ponderou Nicola, zangada. *Esse negócio de ser levada pela vida não está indo como imaginei.*

— E então? — Ela levou o olhar hostil ao primo. — Agora que comunicou sua terrível notícia, o que sugere que eu faça?

O Almofadinha parecia alarmado. Os olhinhos de porco piscaram rapidamente.

— O que sugiro que faça? — repetiu ele, como um idiota. — Ora, não é óbvio? Precisa se esconder.

— Me esconder? — Nicola quase soltou uma gargalhada. — Ah, acho que não. Acho que faria mais sentido ir à justiça, não?

— Não, não pode fazer isso! — exclamou o rapaz. — Pense no escândalo que seria!

— Harold. — Ela o encarou irritada. — Você disse que minha vida corria perigo. Grande perigo, foi o que disse. E está preocupado com o escândalo de levar o assunto à justiça? Suponho que meu assassinato seria socialmente mais respeitável?

Ele ficou sem graça.

— Bem... Talvez eu tenha sido um pouco precipitado. Não diria grande perigo. Acho que só querem assustá-la um pouco. Não pude ouvir bem... Estava escutando pela fechadura, entende?

— Então sua informação — argumentou Nicola, secamente — é, sem dúvida, um pouco suspeita, não acha?

— Nicola, sei o que ouvi. Eles estão planejando alguma coisa, meu pai e Lorde Farelly, e o que quer que seja pode ter certeza de que não vai ser algo bom. Se tiver algum juízo, sairá de Londres imediatamente.

A jovem bufou delicadamente.

— Pois bem — disse o Almofadinha. — Imaginei que você responderia assim. De todo modo, achei que devia tentar. — Então, animando-se, comentou: — Há sempre a chance de não a quererem matar, não é? Quem sabe só querem assustá-la...

— Que reconfortante — zombou Nicola. — Bem, se ir à polícia não vai ajudar, o que devo fazer *então*?

O rapaz umedeceu os lábios. Ele parecia estar nervoso... Ainda mais que o normal.

— Bem — disse ele. — Tenho pensado em um plano... Mas é um pouco ousado.

Nicola não pôde deixar de pensar que, para o Almofadinha, descer até a esquina e comprar jornal já seria considerado ousado. Ainda assim, esforçando-se para ser paciente, ela falou:

— Diga, Harold.

— Bem — começou ele —, imagino que não saiba que desenho roupas masculinas.

Nicola direcionou o olhar — com alguma desconfiança — para o paletó e as calças cor de tijolo.

— Não — declarou ela. — Está me dizendo que foi você, Harold, quem desenhou esse... conjunto que está vestindo?

O Almofadinha se aprumou todo.

— Sim, fui eu. Gostou?

A jovem murmurou:

— É bem... original.

— Também acho. Mas, sabe, parece que aqui na Inglaterra o gosto das pessoas com relação ao vestuário masculino é muito conservador. Minhas roupas não se encaixam nem um pouco no que é considerado estiloso. É por isso que ultimamente... Bem, Nicola, ultimamente tenho pensado em me mudar para... os Estados Unidos.

Dessa vez foi Nicola quem piscou. Diversas vezes, perplexa.

— Para os Estados Unidos, Harold? *Você?*

O Almofadinha deu uma risada trêmula.

— É uma loucura, eu sei. Mas não consigo deixar de achar que é o melhor plano. Meu pai iria... Ora, você sabe que ele jamais me daria apoio para entrar na indústria da moda. Mas nos Estados Unidos eu poderia começar do zero, entende? E as pessoas são muito mais abertas em relação a coisas novas por lá...

Ela não conseguiu deixar de sentir uma pontada de pena dos moradores de Boston e de Nova York que, em breve, seriam expostos às ideias excêntricas de seu primo Harold sobre como deveria ser o vestuário masculino.

— Ah! — Foi tudo que disse, no entanto. — Que bom para você.

Então Harold pegou a mão dela outra vez, com um ar de ansiedade no rosto pálido e sem graça.

— Não, Nicola — disse ele. — Você não entendeu. Estou a chamando para vir comigo. Sei bem que você entende bastante sobre costura e tal. Fiquei pensando que poderia me ajudar a abrir uma lojinha. Juntos, poderíamos levar uma moda ousada aos Estados Unidos... E, veja, estaria segura lá.

A jovem não pôde deixar de se sentir tocada pelo convite generoso. Ainda assim, tinha tanta vontade de se mudar para os Estados Unidos com o Almofadinha quanto tinha vontade de deixar que a locomotiva Blucher atravessasse sua sala de estar.

— Harold, é *realmente* gentil da sua parte — respondeu ela, dando um aperto na mão dele e a soltando em seguida, pois os dedos do rapaz tinham ficado bem úmidos enquanto seguravam os dela. — Mas, como tenho certeza de que sabe, jamais fui de fugir de uma briga, e agora não seria diferente.

O Almofadinha pareceu decepcionado, mas não surpreso. Os ombros relaxaram sob as ombreiras do terno ridículo conforme ele comentou:

— Foi o que pensei. Mas, caso mude de ideia, quero que saiba que comprei passagem num navio que parte amanhã à noite em direção à Filadélfia. Reservei um quarto na pensão diante do recuo onde o navio está ancorado... o Cão Branco. Estarei lá se precisar me encontrar.

— Não precisarei — garantiu Nicola. Exatamente naquele instante, Nathaniel se aproximou e disse num tom de voz que ela sempre achara insuportavelmente zombeteiro, mas que agora sabia ser meramente amigável:

— Nicky, a próxima dança será a Sir Roger. Quer dançar comigo? Você prometeu na semana passada.

A jovem não tinha prometido nada. Nathaniel, gentilmente, só estava tentando ajudar, pois pelo visto achava que Harold queria convencê-la a dançar com ele a seguir, sem imaginar que o que o rapaz queria, na verdade, era atrair Nicola para os Estados Unidos com aquela informação de que o tio planejava matá-la.

Momentos depois, enquanto dançavam, ela explicou tudo isso a ele.

— Matar você?! — exclamou Nathaniel, soando verdadeiramente chocado. — Nicky!

— Bem, talvez não queiram me matar — comentou ela. — Talvez só tenham a intenção de me assustar. Harold não tem certeza absoluta. Ele estava ouvindo atrás da porta, sabe...

— Temos que informar a justiça imediatamente — declarou o rapaz, segurando a mão da jovem de forma muito apertada.

— E dizer o quê, Nat? Que meu primo, que sempre foi meio alarmista, acha que ouviu o pai dizer que pretende me matar?

Ele franziu o cenho. Um pouco espantada, Nicola percebeu que, mesmo com o rosto franzido, Nathaniel Sheridan continuava bonito.

— Isso é sério, Nicky — disse ele. — Vou falar com meu pai sobre o assunto. Deve haver alguma coisa...

Alarmada, ela o interrompeu:

— Ah, Nat, não! Por favor, não diga nada a seu pai. Não quero que todo mundo saiba que Sebastian Bartholomew só queria se casar comigo para o pai passar uma ferrovia pela propriedade de minha família. Já é ruim o suficiente — acrescentou a jovem, amargamente — que *você* saiba.

Embora estivessem no meio da dança, Nathaniel parou de repente e a encarou com um brilho incomum nos olhos, que pareciam ter um tom quase dourado à luz de velas, como os olhos de um gato.

— Nicola — disse ele, num tom bem mais pesado que o normal. A gravidade da voz em conjunto com os olhos felinos e o fato de Nathaniel apenas raramente se referir a ela por outro nome além de Nicky levaram-na a dar um passo rápido e involuntário para trás...

... Ao colidir com um homem que surgira atrás dela, Nicola jamais saberia o que Nathaniel pretendia dizer.

— Srta. Sparks.

Ainda meio desequilibrada, Nicola quase tropeçou novamente ao ouvir a voz familiar. Mas Lorde Sebastian, em quem ela havia esbarrado, estendeu uma das mãos e segurou firmemente a mão da jovem, endireitando-a outra vez.

— Que sorte nos encontrarmos assim — disse o rapaz, a quem Nicky certa vez considerara um deus, em um tom bastante agradável. Os olhos azuis, no entanto, crepitavam com bastante hostilidade, contradizendo a voz amigável.

— Esperava que pudéssemos conversar.

— Ela não tem nada para dizer a você, Farnsworth. — Nathaniel pegou a mão livre de Nicola e a puxou. — Venha, Nicola.

Mas Lorde Sebastian continuou lhe segurando firmemente a outra mão.

— Acredito — disse o visconde — que a Srta. Sparks pode decidir sozinha se tem ou não algo para me dizer.

Ela não tinha nada para dizer ao visconde. Ao mesmo tempo, não queria fazer uma cena no Almack, e havia muitos olhares virando na direção da jovem. Já era ruim o bastante o fato de ser conhecida como a garota que rompera o noivado com o bem-apessoado Lorde Sebastian. Não precisava tornar as coisas ainda piores ao ser motivo de briga no meio da dança Sir Roger de Coverley.

— Está tudo bem — afirmou ela para Nathaniel, retirando gentilmente os dedos da mão dele. — Será apenas por um instante.

Pela cara do rapaz, ele parecia querer argumentar, mas a jovem não lhe deu a chance. Em vez disso, Nicola encaixou a mão no braço curvado do visconde, então, pelo canto da boca, disse àquela ilustre pessoa:

— Seja rápido, milorde. Não tenho tempo nem paciência para bobagens.

Completamente indiferente ao comentário, Lorde Sebastian seguiu assentindo cordialmente para as muitas damas pelas quais passavam — que começaram a cochichar e fofocar vividamente ao ver o visconde com a ex-noiva.

— Venha, venha, Nicola — disse ele ao acenar para uma tia solteira a alguma distância dos dois. — Achou mesmo que poderia me evitar para sempre?

— Esperava que sim — retrucou a jovem, prontamente.

— Desse jeito me sinto ferido — comentou o rapaz, quase parecendo sincero. — Você só me dá facadas no peito. Por que retornou todas as minhas cartas sem sequer abrir?

— Porque não me interessava ler o que você tinha a dizer — informou Nicola, com frieza.

Se aquilo o incomodou, ele não demonstrou.

— Por que não vai me ver quando a visito?

— Porque o desprezo — retrucou ela.

— Não acredito em você — disse Lorde Sebastian.

Eles tinham chegado a uma pequena antecâmara, onde os únicos ocupantes saíram com sobrancelhas erguidas e expressões compreensivas assim que os viram. Aquilo permitiu que o visconde se comportasse de forma ainda mais tola que antes, pois não havia ninguém ao redor para observar. Ele caiu de joelhos diante de Nicola e levou a mão que ainda segurava aos lábios.

— Nicola! — exclamou ele. — Como pode ser tão cruel com um homem cujo único crime foi amá-la bem demais?

— Levante-se — exigiu Nicola, enojada. — Está parecendo um tolo. E, se me amou bem demais, isso é novidade para mim. Pelo que sei, você me achava *alegre*, o que dificilmente considero um atributo capaz de deixar um homem apaixonado. Agora que história é essa de seu pai e de Lorde Renshaw estarem tramando minha morte?

Lorde Sebastian aparentou espanto, o que a surpreendeu um pouco.

— Matá-la? — repetiu ele. — Ele não ousaria. Se você morresse, Nicola, meu coração também pararia de bater...

— Ah, por favor, cale a boca e deixe de falar baboseiras — comentou ela. — Me diga o que seu pai planeja fazer com relação à Abadia Beckwell. Porque não vou vender. Não enquanto estiver respirando. É melhor avisá-lo.

O visconde suspirou e, ao se colocar de pé, levou as mãos até os joelhos para limpar a poeira da calça.

— Nicola — disse ele, num tom completamente diferente. Aquela era sua voz verdadeira, concluiu ela. Que estranho que somente naquele momento a ouvisse pela primeira vez, após tudo estar terminado entre eles. — Por que não pode simplesmente ser uma boa menina e se casar comigo? Teríamos uma vida agradável o bastante, sabia?

A jovem bateu o pé impacientemente.

— Porque não *quero* ter uma vida agradável o bastante — retorquiu ela, com alguma rispidez. — Quando me casar, milorde, será porque sentirei por meu marido uma paixão ardente, cujo fogo jamais poderá ser extinguido, e ele sentirá o mesmo por mim. Não teremos uma vida agradável o bastante. Encontraremos os céus nos braços um do outro. Está suficientemente claro para você?

O lábio inferior do visconde se projetou um pouco. A princípio, Nicola achou que ele fazia bico, mas então percebeu que aquela era a expressão que o ex-noivo exibia quando pensativo.

— Paixão é uma coisa ótima e tal — admitiu ele, enfim.
— Mas não ia preferir se divertir? Porque posso prometer, Nicola, que irá se divertir ao casar comigo. Podemos até ir para algum lugar longe daqui se quiser. Para a Grécia ou algo assim. Ouvi falar que é possível se divertir um bocado na Grécia.

— Não quero ir à Grécia, milorde — explicou Nicola. — O que quero é descobrir sobre o plano ridículo que seu pai e o Rabugento estão tramando. Você sabe algo? Caso sim, agradeceria se me contasse. E, se não sabe, então agradeceria se parasse de desperdiçar meu tempo.

Lorde Sebastian fez uma careta. Nicola tinha certeza de que, dessa vez, ele começava a fazer bico.

— Você é realmente a criatura mais difícil do mundo, Nicola — resmungou ele. — Qualquer outra menina se casaria comigo em um segundo. Sou um ótimo partido, sabia?

Pouco impressionada com aquele argumento, a jovem apenas disse:

— Basta. Vou embora. — Então se virou para sair.
— Espere — chamou o visconde.

Nicola parou sob o arco que levava ao salão principal, com uma expressão inquisitiva.

— Sim, milorde?

O rapaz suspirou e resmungou enquanto olhava para os sapatos:

— Por que precisa complicar tanto as coisas? — Em seguida, voltando a olhar para cima, prosseguiu: — Tudo bem. Certo. Sim, houve uma conversa sobre declarar sua insanidade...

— Para me internar? — indagou Nicola, verdadeiramente alarmada.

— Sim. Em uma instituição. Aí seu tio poderia assumir seus negócios...

— Ele *não é* meu tio — interrompeu ela, bruscamente.

— Mas — continuou o Lorde Sebastian, como se ela não tivesse falado nada — meu pai conseguiu convencê-lo a desistir desse esquema absurdo, lembrando que você tem amigos suficientes, como os Sheridan, que provavelmente declarariam sua sanidade, então isso nunca daria certo. Aí ele abandonou esse plano.

Com o rosto tomado de raiva, Nicola protestou entre dentes:

— Acho bom mesmo! Louca, eu? Jamais ouvi algo tão absurdo na vida. — Depois, semicerrando os olhos, ela disse: — Ora, continue. Não pode ser só isso. Imagino que tenha um plano B para o caso de o primeiro falhar.

— Ah, por favor, Nicola — comentou o rapaz, também um pouco impaciente. — O mundo inteiro não gira em torno de você, embora obviamente pense o contrário. Acho que seu tio realmente desistiu da ideia de algum dia pôr as mãos na Abadia Beckwell.

A jovem estreitou ainda mais o olhar.

— Por que não consigo acreditar em você?

— Eu juro, Nicola! — O visconde soou irritado. — Sua propriedade não era a única que eles estavam analisando em Northumberland, sabia? O fato de você não vender dificilmente irá impedir os planos de expansão da ferrovia. Irão simplesmente contornar a Abadia

Beckwell com o traçado dos trilhos em vez de passar no meio dela e pronto, será isso.

Ela não tinha a menor intenção de acreditar em um rapaz disposto, apenas uma semana antes, a se casar com uma menina por quem não sentia amor algum. Mas precisava admitir que o visconde parecia sincero. Aparentemente estava farto da conversa, o que provavelmente indicava que não mentia para prolongá-la.

— Nicky?

Os dois levantaram o olhar e viram Nathaniel Sheridan parado, na entrada, com as costas absolutamente eretas e o maxilar retesado... De forma um pouco ameaçadora, pensou Nicola. Aquele músculo que ela já notara antes vibrava constantemente também.

Lorde Sebastian reparou a mesma coisa. Mas pelo visto não a interpretou direito, se as palavras seguintes serviam de indício:

— Não se preocupe — declarou o visconde, com um certo nojo no tom de voz, conforme passou por Nathaniel no arco de entrada. — Ela é toda sua.

Nicola sentiu as bochechas corarem. *Não é nada disso,* quase gritou. *Não é nada disso mesmo!* Nathaniel era seu amigo, só isso.

Mas, em vez de negar as implicações de Lorde Sebastian, Nathaniel não disse absolutamente nada. Apenas saiu do caminho do outro rapaz. Então, após o visconde partir, ele se virou para Nicola e estendeu uma das mãos.

— Venha — disse ele. — Vamos para casa.

E de repente — por mais que não fizesse sentido algum — Nicola começou a desejar que Lorde Sebastian estivesse certo... Que ela e Nathaniel *fossem* mais que apenas amigos.

O que era ridículo, é claro. Nathaniel Sheridan não era nada para ela, exceto o irmão mais velho de sua melhor amiga. E um irmão mais velho relativamente chato, além de tudo, que estava eternamente debochando de seu amor por poesia romântica e por estampas de vestidos. Ela não podia possivelmente querer que houvesse algo mais entre os dois...

Ou podia?

Capítulo Quinze

Querida Vovó, escreveu Nicola. *Espero que você e Pudim estejam bem. Muita coisa aconteceu desde a última vez que escrevi. Sinto muito por ter que contar que fui forçada a romper meu noivado com Lorde Sebastian. No fim das contas, ele...*

Ela parou de escrever a carta para mordiscar a ponta da pena, perguntando-se como exatamente poderia explicar a parte seguinte. Não queria chatear Vovó, mas também não gostava de mentir.

... não era tudo que eu tinha imaginado, Nicola optou por dizer. *Mas não precisa se preocupar nem achar que estou infeliz. Bem, eu estava infeliz — muitíssimo —, mas desde então tenho percebido que, às vezes, essas coisas acontecem e é melhor assim. Então, embora não vá mais ser uma viscondessa, fico feliz em dizer que ainda sou a sua, e somente sua, Nicky.*

Pronto, pensou ela ao reler a carta. Aquele tom estava perfeitamente adequado, nem muito triste nem muito bobo. Só acrescentaria algumas coisas sobre os Sheridan — especialmente Nathaniel, que vinha sendo tão gentil nos últimos tempos. Obviamente não por achar que Vovó e ele iam se conhecer algum dia. Longe disso! Havia tanta chance de o rapaz pedir sua mão em casamento quanto havia de ele andar na lua, dada a forma como os dois viviam brigando.

Olhando de viés para o irmão de Eleanor, que lia o jornal sentado diante dela na sala, Nicola se perguntou como, depois de todas as coisas incríveis que escrevera sobre o visconde, convenceria Vovó de que suspeitava que talvez jamais tivesse amado Lorde Sebastian, na realidade. Ah, com certeza estivera apaixonada por ele! Não havia dúvida sobre aquilo. Mas como podia ter achado em algum momento que o amava, quando nunca realmente o tinha conhecido? Ora, não tinha nenhuma ideia de como Lorde Sebastian gostava de tomar chá, ou qual era sua opinião sobre o Decreto de Fontainebleau, ou se ele achava que Mozart era um gênio ou um oportunista.

Ela sabia a opinião de Nathaniel Sheridan sobre todos os três assuntos, assim como muitos, muitos outros. Ora, sabia que ele amava peças de teatro, mas odiava óperas. Que gostava de pescar, mas que detestava peixe. Que podia ler um livro inteiro numa única noite — mesmo que fosse muito longo e chato —, mas que ficaria igualmente feliz ao passar o tempo ajudando o irmão mais novo a construir um forte com as cadeiras da sala de jantar e as melhores toalhas de mesa da mãe.

Ao sentir o olhar de Nicky sobre si, Nathaniel abaixou o jornal que lia e a fitou de forma questionadora, com aquela mecha de cabelo escuro caindo, como frequentemente acontecia, sobre o olho direito.

— Por acaso, Srta. Sparks, estou com uma melancia na cabeça? — perguntou Nathaniel num tom seco.

— Não — respondeu Nicola, rapidamente, então enfiou o rosto na carta, tanto para esconder o rubor nas bochechas quanto para evitar encarar o olhar penetrante.

— Melancia — repetiu o jovem Phillip Sheridan, rindo enquanto brincava com um dos cachorros. — *Isso* eu queria ver.

— Nathaniel — disse Lady Sheridan, que também estava debruçada sobre uma carta, num tom de advertência. — Deixe Nicola em paz.

— Com prazer — afirmou o irmão de Eleanor ao virar a página do jornal.

Que desagradável, pensou Nicola, mordendo a ponta da pena. *Agora ele deve achar que estou apaixonada por ele. E não estou. Não estou...*

Mas...

Bem, Nathaniel Sheridan ficava realmente muito elegante num terno escuro. Não podia negar. Perguntou-se se podia escrever aquilo na carta para Vovó. Ou será que era mais importante mencionar que ele se formara em primeiro lugar na faculdade de matemática em Oxford? O que iria deixar Vovó mais impressionada com relação ao rapaz caso os dois acabassem se conhecendo? O terno escuro ou o primeiro lugar em matemática? Ou talvez não devesse mencionar nenhum dos dois e, em vez disso, deveria escrever que o primogênito dos Sheridan tinha olhos da cor do rio Tweed no outono.

Naquele instante, o mordomo da casa entrou na sala com uma carta na bandeja de prata.

— Isto acaba de chegar — proferiu Winters, devidamente — para a Srta. Sparks, senhora.

Lady Sheridan acenou, dispensando-o, pois estava distraída com uma longa carta para a irmã, explicando por que aquele não era o melhor momento para que ela e os sete filhos a visitassem.

Winters fez uma reverência e apresentou a bandeja para Nicola. Como a jovem não costumava receber muitas cartas por entregas especiais, ela estava ciente dos olhares curiosos de Eleanor e do irmão da amiga conforme abria o lacre e lia a seguinte mensagem:

Minha querida Srta. Sparks,

Encontro-me numa situação da qual só você, com seu olhar perspicaz para a moda, pode me salvar. Quero comprar um xale para Eleanor, mas estou num dilema sobre a cor e a estampa. Estou na Casa Grafton. Seja um anjo e ajude um homem desesperado a fazer uma surpresa ao amor da vida dele? Acredito que não precise pedir que seja discreta, pois o xale será um presente por nosso aniversário de um mês. Pode vir imediatamente?

Eu lhe imploro,
Sir Hugh

Nicola precisou se conter para não saltar da cadeira e sair apressada. Desde o começo, tinha gostado de Sir Hugh, mas aquilo... Ora, era uma garantia eterna de um lugar em seu coração. Imagine só, um homem tão apaixonado que se lembrava do aniversário de um mês! E queria celebrar a ocasião com um xale! Tudo bem que um presente tão pessoal certamente seria confiscado por Lady Sheridan, pois ela era bem antiquada e achava que os únicos presentes aceitáveis entre homens e mulheres não casados eram flores, chocolates e livros.

E como ele fora gentil ao reconhecer que Nicola realmente era a pessoa mais apropriada a se recorrer quando se tratava de escolher uma peça de roupa como presente. Afinal, quem entendia mais de moda que ela? Ninguém em Londres inteira.

— Espero que não seja uma notícia ruim — comentou Eleanor, preocupada, da cadeira onde estava sentada, lendo.

— Dá para ver pela expressão em seu rosto que não é — retrucou Nathaniel, achando graça. — Parece um gato que entrou na leiteria.

Nicola dobrou a carta casualmente e a colocou dentro da manga, levantando-se em seguida.

— Ah! — disse a jovem, num tom que esperava que soasse alegre e despreocupado. — É um bilhete de Stella Ashton. Ela está em pânico sobre o que vestir hoje à noite para o teatro, e quer que eu vá até sua casa ajudá-la a decidir.

Assentindo, Eleanor voltou para o livro que lia.

— Bem, não é nada surpreendente. Afinal, se não fosse por você, ela ainda estaria usando aquele tom horroroso de amarelo.

— Mas você não realmente pretende ir, não é? — perguntou Nathaniel, espantado.

— Claro que vou — respondeu Nicola. — Ela precisa de mim, de verdade.

— Para ajudá-la a se *vestir*?

— É claro que não — declarou ela, com desdém. — Ela tem uma aia para isso. Precisa de mim para ajudar a decidir o que vestir.

Com o espanto se transformando em repugnância, o rapaz apoiou o jornal e se levantou. Balançando a cabeça como quem claramente dizia *mulheres*, ele saiu da sala.

Enquanto pensava que Nathaniel podia aprender uma coisa ou outra com Sir Hugh, que tinha passado a representar seu ideal de masculinidade, Nicola pediu permissão para sair.

— Posso ir, Lady Sheridan?

— É claro, querida — afirmou ela, sem tirar os olhos da carta. — Mas volte para o almoço, por favor.

— Voltarei bem antes do almoço — garantiu a jovem, saindo para pegar o chapéu e as luvas.

Após conseguir se retirar, Nicola se viu um pouco perdida ao chegar à rua, pois não sabia como deveria proceder. Sir Hugh não dissera nada sobre o transporte até a Casa Grafton. De forma geral, jovens moças não deviam sair por Londres — mesmo nas partes mais chiques da cidade — sem um acompanhante.

Mas pelo visto não havia nada que pudesse fazer com relação àquilo. Sir Hugh sem dúvida a levaria para casa, mas cabia a ela encontrar um jeito de chegar à loja, que felizmente não ficava longe de onde os Sheridan moravam. Mesmo assim, Nicola não achava que uma menina em sua posição — com um noivado rompido recentemente — deveria ser vista andando sozinha pela rua. Afinal, comentários desagradáveis podiam surgir de pessoas que já tinham grande inclinação a condenar o comportamento de uma jovem que, teoricamente, teria destratado alguém tão estimado como o Visconde Farnsworth.

Então, após examinar o que levava na bolsa, ela achou dinheiro suficiente para contratar uma carruagem e decidiu fazer justamente aquilo.

Felizmente um veículo parecia seguir vazio em sua direção. De fato, ao levantar a mão e acenar para ele, o condutor diminuiu a velocidade do cavalo. Ela estava com sorte.

Nicola aceitou a ajuda do sujeito para entrar no carro. Acomodou-se no banco de couro e então disse, claramente:

— Casa Grafton, por favor.

— Como queira, senhorita — respondeu o homem, chilreando em seguida para o cavalo.

A jovem se recostou e pensou consigo mesma como Eleanor ficaria surpresa quando recebesse o xale. Pois, embora ainda não tivesse visto os xales que Sir Hugh tinha separado, ela já sabia exatamente qual a amiga iria ganhar: seria um amarelo de seda chinesa, decorado com pavões azuis e verdes. As duas o viram da última vez que foram à loja, e tinham ficado maravilhadas com o tecido. Era absurdamente caro, mas Nicola achava que Sir Hugh podia pagar. Além do mais, o rapaz ia querer comprar o melhor para a noiva, não ia? E o pavão verde ressaltaria a cor esmeralda nos olhos castanhos de Eleanor.

Então, enquanto imaginava um cenário agradável em que Nathaniel observava a grande felicidade da irmã ao abrir o presente do noivo e, em seguida, se virava para Nicola dizendo: "E aí, o que acha, Nicky? Que tal tentarmos também?", a jovem percebeu que não reconhecia os arredores. Não estavam se dirigindo para a parte de Londres onde ficava a Casa Grafton. Na realidade, Nicola nem mesmo sabia dizer em qual parte da cidade estava; tudo que sabia era que jamais estivera naquele local antes.

— Com licença — disse ela, inclinando-se para a frente a fim de falar com o condutor. — Talvez não tenha entendido. Eu disse Casa Grafton. Sabe onde é, não sabe? Porque não creio que esteja indo na direção certa.

A única resposta do sujeito foi chicotear o cavalo para fazê-lo galopar.

Abalada pelo aumento repentino de velocidade, Nicola caiu para trás no assento. *Meu Deus!* O que estava acontecendo? Teria o homem bebido? Seria muita sorte mesmo ter alugado justamente uma carruagem cujo condutor estava bêbado!

— Senhor — chamou ela, conforme zuniam por casas estranhas e não muito agradáveis, pois pareciam mais e mais degradadas a cada metro. — Acho que houve algum engano. Eu disse Casa Grafton. Casa Grafton!

Mas o condutor não lhe deu a menor atenção.

Pela primeira vez, Nicola começou a ficar com medo. Para onde estava sendo levada? E por quê? Não conseguiu evitar a lembrança de uma história que Martine tinha contado sobre um homem que perdera a esposa e sentira tanta falta dela que, ao encontrar por acaso uma mulher que se parecia com a falecida, ele a sequestrara e a levara para casa, passando a dar ordens à desconhecida como se fosse sua verdadeira esposa. A garota conseguira fugir no final, mas só após passar pela afronta de ter que lavar a roupa da família inteira.

Nicola não queria ter que lavar a roupa daquele homem — nem de ninguém, na verdade. Que coisa absolutamente abominável!

Então, conforme as casas ficavam ainda mais questionáveis, ocorreu-lhe que o homem podia ter algo muito mais nefasto em mente que forçá-la a lavar a roupa.

Assim, ela se inclinou para a frente — o que era difícil, considerando a velocidade com que a carruagem corria pelas ruas estreitas — e fez a única coisa em que conseguiu pensar: enfiou os dedos nos olhos do sujeito.

Só que a atitude valente não teve o efeito desejado. Pois, em vez de urrar de dor e puxar as rédeas, forçando o carro a diminuir a velocidade e dando a Nicola a chance de fugir, ele ergueu a mão enquanto soltava palavrões e a empurrou pelo rosto, sem qualquer cerimônia.

— Se fizer algo assim de novo — disparou o condutor —, vou amarrar e amordaçar você. Espere só para ver!

Aquela declaração era, no mínimo, muito alarmante. Nicola permaneceu no chão da carruagem, para onde o homem a tinha empurrado, com a bolsa perdida e o chapéu irreparavelmente amassado. Mas ela nem mesmo parou para pensar naqueles dois detalhes. Tudo que conseguia pensar era: *Ora, estou sendo sequestrada! Sequestrada em plena luz do dia!*

A jovem considerou gritar, contudo se lembrou do aviso de que seria amordaçada. A última coisa que queria era alguma peça de roupa fedida sendo enfiada em sua boca. E ela sabia que estaria fedida porque, ao ter o rosto empurrado para trás, tinha percebido que a mão do sujeito cheirava muito mal. Nicola duvidava de que ele tivesse um lenço limpo e, muito menos, de que o carregasse com ele. Então certamente o objeto que seria usado para silenciá-la seria sujo e nojento. Ela não conseguiria tolerar nada do tipo.

Além disso, pensou friamente enquanto a carruagem avançava pela estrada estreita e sinuosa, era pouco provável que alguém naquela vizinhança fosse sair de casa para salvá-la, ainda que conseguisse berrar algumas palavras. As poucas pessoas que tinha visto pareciam tão miseráveis quanto as casas. Definitivamente não estava mais em Mayfair, onde o grito de uma mulher atrairia rapidamente um guarda de rua e provavelmente meia dúzia de criados fortes. Naquela vizinhança, havia mais chance de um grito atrair um monte de espectadores ansiosos por testemunhar o assassinato de uma jovem moça da sociedade.

E se pulasse? Se desse um salto grandioso em direção à segurança? Com certeza arrebentaria os miolos na calçada abaixo, isto é, se não fosse pisoteada até a morte pelos cascos do cavalo antes, ou cortada ao meio pela roda da carruagem.

Ah! E não pôde deixar de se perguntar quais eram as chances de ser resgatada. Definitivamente pequenas, na verdade, considerando que ninguém tinha a menor ideia de onde ela estava. Havia chance de Sir Hugh visitar os Sheridan para investigar, quando Nicola não comparecesse ao encontro. No entanto, dada as circunstâncias, como poderia realmente saber que Sir Hugh tinha mesmo enviado aquele bilhete? Poderia facilmente ter sido forjado. Afinal, ela não tinha nenhuma familiaridade com a letra do noivo de Eleanor. Como teria?

Mas, se Sir Hugh não tinha escrito o bilhete, quem o fizera?

Então, num lampejo, Nicola se deu conta da resposta para aquela pergunta. Bem no momento que o condutor puxou as rédeas para frear o animal. Ainda caída no chão do veículo — que estava bem sujo devido ao contato recente com inúmeras solas de sapatos —, a jovem se esforçou para sentar e, quem sabe, tentar fugir...

O sujeito, no entanto, parecia saber exatamente o que ela estava pensando e a alcançou dentro da carruagem em um segundo, puxando-a para fora tão bruscamente quanto se ela fosse um saco de batatas.

— Me solte, senhor! — gritou Nicola, bravamente, por mais que precisasse admitir que a voz soava meio trêmula. — Como ousa me tratar dessa maneira? Vou mandar prendê-lo por isso!

Pouco impressionado, o condutor a arrastou pelo braço para dentro de uma construção velha e com pé-direito baixo, próxima de onde ele tinha estacionado. Nicola apenas teve tempo de olhar em volta e notar, surpresa, que estava perto da água — havia gaivotas empoleiradas em barris por todo lado, e, atrás das aves, podia ver o mastro dos navios. Sentia também o cheiro penetrante de sal conforme uma forte brisa batia em suas bochechas.

Em seguida a jovem foi empurrada por uma porta estreita, e seus olhos levaram um momento para se adaptar à escuridão interior, recém-saídos da luz forte do sol. Quando finalmente voltou a enxergar, Nicola não se deparou com os nove filhos do sujeito nem com montes de roupa para lavar, como quase viera a esperar.

Não, o que viu foi um rosto familiar — e não particularmente bem-vindo — de alguém que ela conhecia muito bem. Ele sorria para a jovem de uma mesa pequena e vazia à qual estava sentado, as mãos gordas apoiadas em uma bengala de ponta prateada.

— Olá, Nicola — disse Lorde Farelly.

Capítulo Dezesseis

— Você — disparou Nicola.
— Sim — disse Lorde Farelly, agradavelmente. — Isso mesmo. Muito obrigado por se juntar a nós. Desculpe pela forma vergonhosa como a trouxeram até aqui. Mas imagino que entenda... não achamos que um convite seria o suficiente.
— Teimosa — falou outra voz também muito familiar.
— Sempre foi terrivelmente teimosa. Puxou ao pai.
Piscando os olhos na luz fraca, Nicola virou a cabeça na direção da voz.
— Lorde Renshaw — disse ela, reconhecendo a figura elegantemente vestida sem muita surpresa. — Devia ter suspeitado.
— Sim. — O Rabugento afastou a cadeira e se levantou. — Todo aquele dinheiro gasto com sua educação

parece não ter adiantado de nada, não é? Dinheiro jogado no lixo.

Nicola cuja visão se ajustara finalmente, percebeu então que estava no que parecia ser uma taberna abandonada. Havia um bar comprido de um lado, com um espelho retorcido e não muito limpo acima do balcão, e uma escada de aparência pouco segura em frente, levando ao segundo piso. Reunidos nas várias mesas sujas espalhadas pelo salão, a jovem viu diversos indivíduos com quem estava bastante familiarizada. Lorde Farelly, obviamente, era um deles, assim como o Rabugento. Mas ela logo notou que Lorde Sebastian também estava presente e que parecia bastante satisfeito consigo mesmo, sentado de forma relaxada, as longas pernas esticadas diante de si.

E, na mesa bem ao fundo, havia outra pessoa que Nicola conhecia, mas não tinha imaginado que veria numa situação dessas.

— Harold! — exclamou ela, realmente sentindo como se tivesse perdido o fôlego. — Como *pôde*?

Com uma expressão desolada, era preciso admitir — embora ela não soubesse dizer se era devido às circunstâncias na qual se encontrava ou ao horroroso colete vermelho sob um fraque azul-claro —, Harold afundou na cadeira e disse:

— Me desculpe, Nicola. Me desculpe mesmo. Tentei avisá-la...

— Sim. — Lorde Farelly se pôs de pé, e o próprio colete, numa combinação delicada de cor-de-rosa e verde, esticou--se um pouco por causa da barriga relativamente saliente do senhor. — E não posso dizer que estamos contentes com isso, Sr. Blenkenship... Por mais que, felizmente, não tenha provocado nenhum dano.

Com cara de quem estava prestes a chorar, o Almofadinha levantou-se de forma tão abrupta que a própria cadeira caiu com um ruído.

— Seus animais! — gritou ele, o rosto pálido tão redondo quanto a lua na iluminação sombria. — É isso que vocês são! Animais nojentos e horríveis!

— Pelo amor de Deus, Harold — disse o Rabugento sob o lenço que tinha levado ao nariz. — Cale a boca. Fique quieto, ouviu bem? Está levantando toda a poeira. Quem quer que seja o dono deste lugar, Farelly, devia levar um tiro. Jamais vi um serviço de limpeza tão pavoroso na vida. Essa poeira toda é capaz de matar alguém sufocado...

— Onde está minha libra? — interrompeu, com um murmúrio, o condutor da carruagem contratada.

— Deixe o pagamento para depois — respondeu Lorde Farelly. — Irá recebê-lo em breve. Agora seja um bom rapaz e vá se certificar de que ninguém entre aqui.

O sujeito grunhiu, mas abriu a porta da frente, deixando que um feixe de luz entrasse, e, em seguida, bateu-a atrás de si, de modo que outra onda de poeira subiu e fez com que o Rabugento começasse a tossir.

— Uma libra? — Apesar do medo, Nicola olhou com raiva para o conde. — Foi tudo que precisou oferecer para me sequestrar? *Uma* libra?

— Sou um homem — retorquiu ele, inclinando-se de leve sobre a bengala decorativa — que sabe reconhecer uma barganha. Certamente não pode usar isso contra mim, Srta. Sparks. Saber poupar costuma ser considerado uma virtude, sabia?

Embora não se sentisse especialmente corajosa, a jovem bufou. Madame sempre repreendera aquele modo de comunicar as coisas, mas ela achava que a preceptora concordaria que a maioria das regras de etiqueta estava dispensada no caso de sequestro.

— Ah, sim — concordou Nicola, sarcasticamente. — Sua economia deve mesmo ser aplaudida, milorde.

Àquela altura, Lorde Sebastian levantou-se após se esticar preguiçosamente, e disse de seu jeito arrastado:

— Escute, não podemos andar logo com isso? Tenho que encontrar um homem a respeito de um cavalo.

— Outro? — O Rabugento tirou o lenço do nariz e olhou para o visconde com desaprovação. — Não comprou um cavalo no mês passado?

O rapaz lançou um olhar de desdém para Lorde Renshaw.

— E existe algo como cavalos demais?

— Na verdade — retrucou ele —, sim, acho...

— Basta. — Lorde Farelly puxou uma cadeira com encosto. — Acredito que todos nós tenhamos esquecido nossos bons modos. Afinal, há uma dama presente. Srta. Sparks? Queira se sentar, por favor, querida.

Nicola dobrou formalmente as mãos diante de si, então respondeu:

— Não, obrigada. Prefiro ficar de pé.

— *Sente-se!* — esbravejou o conde, num tom tão alto que mais poeira se soltou das pesadas vigas de carvalho acima, caindo como neve sobre todos.

Nicola apressou-se a fazer o que Lorde Farelly mandara, sentando-se na cadeira enquanto o coração martelava inconstantemente e o corpo era tomado por um pressentimento repentino de que talvez não fosse sobreviver àquela tarde.

— Melhor assim — declarou o homem, voltando à voz normal. Ele até mesmo sorriu para ela... de um jeito semelhante ao que fizera no dia do *Pegue-me quem puder*.

— Pronto. Quer algo para beber? Infelizmente não temos chá, mas posso pegar um copo de cerveja...

— Não, obrigada — respondeu a jovem, humildemente. — Estou bem.

— Certo, certo.

Então o conde puxou outra cadeira e sentou-se, mas ao contrário, de modo que os cotovelos ficassem apoiados no encosto enquanto ele observava Nicola com uma expressão gentil no rosto.

Só que ela já tinha aprendido que não podia confiar no conde.

— Como deve ter adivinhado, Srta. Sparks, estamos com um problema — explicou Lorde Farelly. — Pois, veja, sou sócio de uma companhia chamada Stockton & Darlington. Conhece?

Nicola achou que seria prudente não admitir que tinha lido tudo a respeito da companhia na correspondência privada do senhor diante dela, com a qual se deparara enquanto lhe vasculhava as gavetas.

— Não, milorde — replicou ela, arregalando os olhos para parecer ainda mais inocente.

Aparentemente aquilo funcionou, pois em seguida Lorde Farelly disse:

— Não, é claro que nunca ouviu falar dela. Bem, a Stockton & Darlington está no mercado de carvão. O objetivo é que todos na Inglaterra, e depois no mundo, tenham acesso a nosso produto. Um objetivo bastante nobre, não concorda, querida?

Após uma olhada rápida na direção de Lorde Renshaw para ver se esboçava alguma compaixão, Nicola assentiu. Ela reparou que o Rabugento estava ocupado demais cutucando o nariz, e percebeu imediatamente que nenhuma ajuda viria dele.

— A questão — continuou o conde — é que precisamos de um sistema de transporte mais eficiente para nosso carvão. Usamos cavalos por anos, mas o problema, Srta. Sparks, é que eles só podem carregar uma certa quantidade sem que se cansem... Independentemente da força com que são chicoteados. Por isso, ultimamente, temos trabalhado em um método revolucionário de distribuição de nosso produto. Acredito que conheça a inovação à qual me refiro. Aliás, você até andou em uma.

Nicola confirmou com a cabeça, consciente que tanto o Rabugento quanto Lorde Sebastian e o pai do rapaz a encaravam. O Almofadinha estava afundado contra o bar, com a cabeça apoiada nos braços. Era o único que não parecia interessado no que acontecia no outro lado do cômodo. *Obrigada, Harold*, pensou Nicola, silenciosamente. *Muito obrigada mesmo, seu projeto malsucedido de homem...*

— O *Pegue-me quem puder* — afirmou ela, cuidadosamente, pois pelo visto Lorde Farelly esperava algum tipo de resposta.

— Exato — concordou o conde, satisfeito, como se fosse um professor com uma aluna especialmente brilhante. — O *Pegue-me quem puder*. Eu a levei, Srta. Sparks, para conhecê-lo porque achei que pudesse atiçar em você o mesmo entusiasmo que tenho por trens; uma febre, podemos dizer. Afinal, Srta. Sparks, acredito que sejam o caminho para o futuro. Como já me ouviu dizendo antes.

— Sim — declarou Nicola, pois mais uma vez pareciam esperar alguma resposta.

— O que eu esperava fazer — prosseguiu ele — era plantar uma semente em sua cabeça, Srta. Sparks. Uma semente que chamo de progresso. Porque o progresso é a força das indústrias. Sem isso, estagnamos, não é mesmo? De fato, é isso. E o progresso na indústria do carvão é justamente relacionado à locomoção. Com o uso de locomotivas, podemos transportar mais carvão para nossos consumidores do que jamais conseguimos com os meios antigos, como cavalo e charrete. Entende onde quero chegar com isso, Srta. Sparks?

Nicola assentiu. Então se perguntou se o condutor ainda estaria do lado de fora. E se decidisse sair correndo? Será que Lorde Farelly — ou o filho — tentaria impedi-la?

A jovem tinha certeza de que podia ser mais rápida que o Rabugento. Mas de que adiantaria tentar, se o condutor contratado e fedido estivesse barrando a porta? Talvez houvesse alguma outra forma de sair da taberna.

— Por um acaso do destino, a Abadia Beckwell, seu lar ancestral — continuou o homem —, fica precisamente no meio da rota mais direta que planejávamos usar para a distribuição do carvão. Eu esperava, Srta. Sparks, que uma vez que ficasse tão impressionada quanto eu pelo incrível potencial proporcionado por essas magníficas máquinas de aço, você reconhecesse que alguns sacrifícios precisam ser feitos em nome do progresso. A Stockton & Darlington ofereceu o que acredito ser uma quantia mais que generosa por sua propriedade. Se entendi bem, não é como se algum membro de sua família ainda morasse na abadia. Mesmo assim, compreendo que uma menina que perdeu os pais possa criar uma ligação até com o mais humilde dos lares e que queira se agarrar a ele como se fosse o último vestígio de família.

"Então foi por isso que ofereci a você um lugar em *minha* família, compreende, Srta. Sparks? Para substituir tudo que estaria perdendo. — Lorde Farelly gesticulou na direção do filho, parado, as costas apoiadas no bar e os cotovelos sobre o balcão enquanto a fitava, com aqueles olhos que ela costumava achar que eram da cor de um céu de verão, mas que no momento mais pareciam com gelo cortante. — Meu menino estava absolutamente disposto a se casar com você para que se tornasse essencialmente minha filha. Enfim teria tido pais e uma irmã que a amariam. Além disso, teria um marido atraente e rico. Viraria viscondessa, com todas as joias e vestidos que acompanham tal título. Tudo que pudesse ser comprado com dinheiro, Srta. Sparks, eu teria lhe dado com satisfação. E em troca somente de uma casa que você nem mesmo usa e que não vale metade do que, contentes, pagaríamos."

De repente o tom de voz do conde, que estivera bastante amigável, ficou muito desagradável.

— Mas o que você fez? — perguntou ele, semicerrando os olhos para ela. — Como respondeu a nossa generosidade? Rompeu o noivado com meu filho, mal lhe dando uma explicação, e deixou nossa casa praticamente sem sequer um obrigada! — Lorde Farelly apontou o dedo indicador para Nicola. — Você, de forma muito egoísta, se recusou a receber qualquer um de nós. E, pior de tudo, continuou teimosamente apegada a essa ideia de não vender a abadia.

Ele abaixou a mão, então disse em uma voz mais baixa, mas nem por isso menos ameaçadora:

— E isso, Srta. Sparks, foi um erro muito grave. Pois o fato é que nenhum de nós pode se dar ao luxo de atrapalhar o progresso. Fazer isso é uma traição. Não a traição de uma amizade ou da confiança de alguém. Mas a traição de nosso país. Da Inglaterra. Porque, se qualquer um de nós resolver atrapalhar o progresso, o que realmente estamos fazendo é atrasar a Inglaterra, impedindo-a de se tornar tudo o que pode ser. E você, como uma cidadã leal, jamais faria isso, não é, Srta. Sparks?

Após considerar um pouco, Nicola concordou com a cabeça, imaginando que não seria sensato agir de outro modo àquela altura. E ficou feliz ao perceber que tinha acertado. Lorde Farelly pareceu bastante satisfeito ao vê-la assentir. Até mesmo sorriu, fazendo com que ela se recordasse de todas as conversas alegres que tivera com ele quando estava hospedada com os Bartholomew.

Mas, então, Nicola lembrou a si mesma que crocodilos eram conhecidos por sorrir... logo antes de atacar uma presa.

— Agora sim — disse o homem, ainda com um imenso sorriso. — Viu, Norbert? Falei que ela podia ser sensata. Você simplesmente não tinha exposto a questão tão claramente quanto eu. Então, Srta. Sparks, talvez possamos reparar esse pequeno mal-entendido para que cada um de nós possa seguir seu caminho e esquecer todo esse aborrecimento. — Ele retirou do bolso do colete um maço de papéis. — Só preciso que assine algumas coisas e...

Nicola estava disposta a obedecer... mas só até certo ponto.

— Não — informou ela, na voz mais baixa imaginável.

Com os papéis ainda nas mãos, Lorde Farelly olhou para cima brevemente.

— Me desculpe, como? — indagou ele, como se não a tivesse ouvido direito.

— Eu disse... — A garganta havia ficado seca. A jovem desejou que não tivesse rejeitado o copo de cerveja que o conde oferecera. Ainda assim, ela engoliu em seco e repetiu, no mesmo tom de voz baixo: — Não. Eu não vou vender. — Sabendo que só ficaria mais encrencada, porém sem conseguir se conter, Nicola ainda acrescentou: — E você não pode me obrigar.

O homem a encarou como se ela fosse uma pedra ou outro objeto inanimado qualquer que tivesse começado a falar de repente. Do outro lado do salão, o Rabugento resmungou e levantou o olhar para o teto, evidentemente em súplica. Até mesmo Lorde Sebastian respirou fundo e balançou a cabeça. Já o Almofadinha, mais adiante no bar, soltou um lamento e escondeu a cabeça mais fundo nos braços.

Lorde Farelly piscou.

— O... que... você... disse? — perguntou ele, lentamente.

Apesar de estar assustada, como uma tola, Nicola estava mais zangada que apavorada. Zangada o bastante para disparar:

— Você me ouviu. Eu disse não. Nunca vou vender a Abadia Beckwell. Mas vou dizer uma coisa: se fosse vendê-la, você, Lorde Farelly, seria a última pessoa no mundo que eu deixaria que a comprasse. Imagine só, sugerir que não vender é um ato antipatriótico! Vou dizer o que é antipatriótico: acossar uma jovem órfã indefesa. Isso, sim, é antipatriótico. Ora, homens como você deveriam estar presos!

A reação do conde àquelas palavras foi rápida e terrível. Ele se pôs de pé em um segundo, derrubando a cadeira que estava em seu caminho ao dar um único passo na direção de Nicola com o braço direito levantado...

O Rabugento murmurou algo, então tapou os olhos. O Almofadinha não havia nem mesmo erguido a cabeça, portanto não tinha ideia do que acontecia. Mas Lorde Sebastian, encostado no bar, sorriu e a provocou:

— Essa você fez por merecer, Nick.

Nicola não se encolheu. Ela olhou diretamente para o homem cujo rosto estava vermelho de raiva, e disse:

— Vá em frente; pode bater. É exatamente o tipo de comportamento que eu espero de um covarde como você.

Na verdade, a jovem não sentia nem metade da coragem que tentava transparecer. Seu coração estava na garganta, e Nicky tinha quase certeza de que, caso algum dia permitissem que ela ficasse de pé novamente, os joelhos não a suportariam.

Ainda assim, manteve o queixo erguido e o cenho relaxado, pois acreditava que aquela era a resposta adequada a um tirano. Afinal, o Conde de Farelly era isso: um grande e maldoso tirano.

Algo na atitude de Nicola devia ter atingido a pequena parte do cérebro de Lorde Farelly ainda capaz de se comportar civilizadamente. Porque, lentamente — lentamente demais, para a paz de espírito da jovem —, ele abaixou o braço, embora sem desviar, em momento algum, o olhar em chamas do rosto da jovem.

— Preso, é? — repetiu ele, quebrando o silêncio pesado que preenchera a taberna.

Nicola ergueu ainda mais o queixo. Como imaginava que Lady Jane Grey tinha feito com o dela, ao ser levada para o bloco de decapitação... Logo antes de mover de modo prestativo a gola de renda para que o executor não errasse a marca de corte. A jovem, no entanto, não tinha nenhuma intenção de ser tão compreensiva.

— Isso — retrucou ela, de forma grosseira — é exatamente o que desejo que aconteça a você.

Mal a última palavra tinha saído da boca de Nicola e o conde, esbravejando novamente, já estava agachado para puxar o corpo da jovem da cadeira.

— Então vamos ver se gosta disso — vociferou ele, impulsionando-a com um dos braços para a escada na extremidade do salão. — Vá logo! Suba. Se acha que prender alguém é tão eficaz, vamos ver se funciona. Quem sabe um tempinho de reflexão silenciosa a ajude a perceber o *próprio* engano, Srta. Sparks!

Com um forte empurrão, Lorde Farelly forçou Nicola a subir as escadas e a entrar num pequeno cômodo no segundo andar da taberna. Ele a jogou ali, depois bateu a porta com força. O último som que a jovem ouviu foi o arranhar demorado da chave na fechadura.

E então ela estava só.

Capítulo Dezessete

— "Oh, jovem Lochinvar que veio do Oeste, por todo continente seu corcel era o melhor."

Deitada num colchonete estreito e extremamente desconfortável, Nicola observava as vigas inclinadas acima de si. Era difícil vê-las com a luz minguante. Afinal, havia apenas uma pequena janela no cômodo, que fora grosseiramente tapada.

Mesmo assim, ela tentava decifrar os formatos das vigas atravessando o teto escuro de madeira.

— "Tão fiel no amor, tão destemido na guerra, nunca houvera cavaleiro tão bravo quanto o jovem Lochinvar."

No silêncio do cômodo, a voz da jovem soava curiosamente abafada. Talvez por ter chorado durante um bom tempo antes daquilo. Por causa disso e por toda a gritaria, ela estava rouca. Além disso, as laterais dos punhos estavam em carne viva por ter socado a porta trancada, e as pontas das botas estavam arranhadas de tanto chutar o inflexível painel de madeira. Nicola começava a se dar conta de que estava verdadeiramente presa.

Contudo, tinha decidido que, embora pudessem trancafiar seu corpo, jamais poriam as mãos em sua mente. Então ela se esforçou para exercitá-la, arguindo-se sobre toda a poesia que conhecia.

— "Pois um tolo no amor, e um covarde na guerra, foi casar-se com a bela Ellen do bravo Lochinvar."

Aquela era exatamente Nicola. A bela Ellen, presa em uma torre terrível contra a própria vontade.

Mas ela se perguntou onde estaria seu Lochinvar.

Em lugar algum. Pois Nicola não tinha um Lochinvar. Para começar, nem mesmo sabia se alguém percebera seu sumiço. Além disso, e daí que havia desaparecido? Não era como se tivessem ideia de onde começar a procurar. Não, Nicola selara seu destino com a própria estupidez. Imagine só, acreditar naquele bilhete bobo! Ora, deveria saber que um cavalheiro como Sir Hugh jamais compraria um xale para a amada. Não quando o presente poderia desagradar à futura sogra.

Não, Nicola era realmente uma idiota, de verdade. Era só ver o que tinha acontecido: estava trancada em uma cela, sem chance de ser resgatada por Lochinvar — ou por qualquer outro.

Ia apodrecer ali, estava certa disso. Ia apodrecer até que não passasse de uma pilha de ossos evaporando.

Então, sem aviso prévio, a chave raspou novamente na fechadura. A jovem ergueu a cabeça da cama, mas os olhos foram cegados por uma explosão repentina de luz quando a porta se abriu. Ela levantou uma mão para proteger a vista e percebeu em seguida que era apenas a chama de uma vela. A cela tinha ficado tão escura que os olhos se acostumaram ao breu.

— Bem, Nicola — disse a voz de um dos algozes, e não de um salvador. Precisamente do tutor da jovem. — Que situação difícil na qual se encontra, hein?

Como não estava com humor para falar com o Rabugento, a menina se virou no colchão e encarou fixamente o armário à frente em vez disso.

— Ah, não vai falar comigo, é isso? — O homem não pareceu nada incomodado com aquilo. — Bem, eu entendo. Ainda assim, sem dúvida a essa altura teve tempo suficiente para perceber que o conde e eu... Ora, que nós estamos falando sério, Nicola. Realmente não é inconveniência alguma a mantermos trancada aqui eternamente. É melhor começar a considerar a ideia de ser uma boa menina e nos dar o que queremos. Isso irá poupá-la de uma boa dose de sofrimento no fim das contas.

— Não vou vender — retrucou a jovem para a parede entre dentes.

— Ah. — A voz do Rabugento soou um pouco triste. — Temia que fosse dizer isso. Avisei a Farelly que você não tinha ficado presa aqui tempo suficiente. Ele não está acostumado com sua cabeça-dura como eu, então achava que seria preciso só algumas horas. Mas sei que não. Ele está acostumado com a própria filha, entende? Que obviamente é um exemplo de feminilidade. Bem diferente de você, Nicola, que tenho começado a achar bem anormal. Expliquei a ele que seria preciso muito mais que simplesmente prendê-la para conseguir enfiar algo nessa sua cabeça de senhorita teimosa. Sinto dizer que teremos que recorrer ao outro plano de Lorde Farelly.

Ao ouvir aquilo, a jovem rolou no colchonete e se sentou tão rapidamente que quase bateu a cabeça bem em uma das vigas que estivera observando momentos antes, de tão baixo que era o teto.

— Eu sabia! — gritou ela, com os olhos brilhando. — Sabia que pretendia me matar, seu porco assassino. Bem, vá em frente e acabe logo com isso, assim minha alma poderá começar a importunar você imediatamente, enlouquecendo-o e levando-o a cair direto em sua cova.

Com a vela em uma das mãos e o lenço na outra, o Rabugento pareceu bastante surpreso de pé, diante da porta escancarada. Nicola considerou tentar escapar agilmente da cela. No entanto, caso conseguisse, temia dar de cara com o condutor contratado logo abaixo, que a forçaria a retornar para lá.

— Matar você? — Lorde Renshaw balançou a cabeça, revoltado. — Meu Deus. Sempre teve uma imaginação fértil. Ninguém pretende matá-la, Nicola. A não ser, é claro, em legítima defesa, pois juro que, às vezes, temo por minha vida quando você está envolvida; afinal, é muito impetuosa. Não, não estou me referindo a esse plano... Embora precise admitir que nossa vida seria um tanto mais simples sem você.

— O que é, então? — disparou ela. — Tortura? Pretende espetar agulhas quentes sob minhas unhas até que eu concorde com a venda?

Quando o Rabugento apenas piscou mais um pouco, confuso, Nicola continuou com intensidade:

— Ou vai me matar de fome? Planeja retirar minha vida lentamente, negando comida e bebida? Bem, sinto muito por decepcioná-lo, mas não vai funcionar. Nunca vou abrir mão da abadia. Nunca!

Franzindo o cenho, ele disse:

— Está imaginando coisas de mais, querida. Ninguém vai sair enfiando agulhas em lugar algum. Minha nossa, realmente os jovens às vezes têm uma imaginação um tanto revoltante. Quanto a morrer de fome, a escolha é inteiramente sua, na verdade. No entanto, como me dei o trabalho de conseguir uma refeição para você, ficaria ofendido caso sequer a provasse. Não é muito, eu sei, mas...

Então o Rabugento foi até a porta e pegou uma bandeja com o condutor — se é que o sujeito rondando o corredor escuro era *mesmo* um condutor de carruagens alugadas, pois Nicola já começava a duvidar daquilo. Na verdade, provavelmente era um capanga contratado por Lorde Farelly.

— ... deve pelo menos estar comestível.

Ele deixou a bandeja com um pedaço de pão, um pouco de queijo e uma jarra do que Nicola presumiu ser cerveja sobre uma mesa baixa e frágil num canto do quarto.

— Pronto — disse Lorde Renshaw, relativamente satisfeito. — Isso deve ser mais que suficiente por enquanto. Bem, como eu disse antes, é melhor eu explicar a Lorde Farelly que você continua, hmm... comprometida com sua causa. Acredito que ele precisará resolver algumas coisas, dadas as circunstâncias.

Assim, o Rabugento saiu e levou o condutor consigo, deixando a vela para que Nicola tivesse um pouco de luz para ver a comida.

Novamente sozinha na cela, a jovem repassou suas opções. Não eram muitas. Pelo visto, podia comer o jantar. Ou guardá-lo para arremessar na cabeça da próxima pessoa que entrasse pela porta.

Estava mais inclinada à primeira opção, pois estava com fome e com sede. E como poderia saber quanto tempo levaria até que alguém girasse a chave outra vez?

Então Nicola pegou um pedaço do pão que, pelo visto, não estava totalmente velho, colocou um pouco de queijo sobre ele e o comeu. Como o Rabugento afirmara, não era muito, mas até que estava razoável. Ela ajudou a pequena refeição a descer com uns goles de cerveja, que surpreendentemente não era ruim.

Após comer até ficar satisfeita, a jovem voltou a deitar na cama e ficou olhando para as sombras projetadas no teto pelas chamas dançantes da vela.

— "Empilhem a madeira" — recitou Nicola para as vigas de carvalho. — "O vento está frio. Mas deixemos que sopre em pleno desvario."

A voz soava mais forte depois de ter recebido a ajuda da bebida.

— "E como tu ousas, então, desafiar, na toca, o leão" — continuava ela, com mais vitalidade, quando ouviu a chave girar na tranca novamente. Dessa vez, quem entrou na cela não foi o Rabugento, e sim o filho.

Ela se sentou imediatamente e sussurrou:

— Harold, está aqui para me salvar?

Embora tivesse colocado o dedo sobre o lábio, o rapaz respondeu:

— Não, não. Só vim para ver como está.

Decepcionada, Nicola voltou a se deitar e declarou, mal-humorada:

— Se não veio me libertar, então não tenho nada para dizer a você.

— Nicola. — O Almofadinha pegou uma cadeira instável de um dos cantos do pequeno quarto, posicionou-a ao lado do colchonete da prima e, em seguida, sentou. — Por favor, não aja assim. Sabe que, se eu pudesse, ajudaria em um piscar de olhos.

— Sei mesmo, Harold? — questionou ela. — Não, acho que não. Acho que você, Harold, é incapaz de pensar em qualquer outra pessoa além de si próprio.

O rapaz pareceu ficar quase tão magoado quanto na vez que ela colocara uma cobra inofensiva em suas calças.

— Ora, Nicola, isso simplesmente não é verdade. Se fosse, por acaso eu estaria aqui? De jeito algum. Mas precisa saber: será impossível escapar. Aquele sujeito terrível, Grant, está lá embaixo, guardando a porta.

— Grant? — perguntou a jovem, afundando na cama dura. — Ah, imagino que seja o condutor.

— Isso. Ele é um brutamontes imenso e forte, Nicola. Ainda que eu consiga tirá-la daqui escondida, só há uma saída, e ele a está bloqueando.

— E pelo visto — disse ela — não ocorreu a você ir atrás de ajuda.

O Almofadinha a fitou horrorizado.

— Ajuda? Ah, Nicola. Mas aí todos iriam descobrir...

— Descobrir o quê?

— Ora — respondeu ele, envergonhado —, o monstro que meu pai é.

— Harold — disse ela. — Que diferença faz? Não ia embora para os Estados Unidos de qualquer modo?

— Eu vou — afirmou o rapaz. — Mas algo assim... seria capaz de acompanhar um homem mesmo do outro lado do oceano. Sinceramente, não tenho como arcar com as consequências de uma fofoca dessas, Nicola. Você entende, não é?

A jovem riu, porém amargamente.

— Ah, com certeza, Harold. Entendo que um estilista de roupas masculinas que está em começo de carreira não tem como lidar com boatos correndo soltos sobre o pai ser um assassino de moças inocentes...

— Mas ele não pretende assassinar você, Nicola — retrucou Harold, baixo. — Eles não têm nenhuma intenção de machucá-la. Só querem forçá-la a se casar com Lorde Sebastian...

— *O quê?!* — exclamou ela, sentando-se rapidamente e, mais uma vez, por pouco não batendo com a cabeça nas vigas do telhado.

— É isso mesmo — confirmou ele, um pouco surpreso. — Ao que parece, Lorde Farelly garantiu uma licença especial há algum tempo, e agora saiu para buscar um pastor. Eles querem obrigá-la a se casar com o visconde hoje à noite, assim ele poderá vender a abadia que você não quer vender.

— Não podem fazer isso! — Nicola girou as pernas na cama e se pôs de pé.

— Sinto dizer, mas podem sim — retrucou Harold, lamentando-se. — Apesar de você ser menor de idade, meu pai é seu responsável legal, então tudo o que ele precisa fazer é dar permissão para a união. E, como marido e mulher, o que for seu será de Lorde Sebastian, portanto ele terá direito a vender a abadia, independentemente de sua vontade.

— Isso... isso... isso é *absurdo*! — gritou a jovem, dando um chute na mesa frágil sobre a qual estava a bandeja com os restos da refeição, o que levou o restante da cerveja a vazar da jarra. — Não vou aceitar isso, está ouvindo, Harold? E também não vou dizer que aceito Lorde Sebastian como esposo. Posso prometer!

As sobrancelhas escuras do rapaz franziram no rosto pálido e sem graça, com alguma preocupação.

— Não acho que o pastor irá se importar — explicou o Almofadinha. — Ele é amigo íntimo de meu pai. Os dois estudaram juntos.

Nicola soltou um grito sufocado, então pegou o Almofadinha pelo colarinho do fraque, deixando-o chocado.

— Escute aqui, Harold — sibilou ela, com o rosto a centímetros do dele. — E escute bem. Você vai descer daqui e vai arrumar alguma desculpa, o que quer que seja, e vai embora. E então você irá até Mayfair, onde vai contar a Lorde Sheridan exatamente o que está havendo. Entendeu?

Os lábios em bico do Almofadinha se abriram para argumentar:

— M-mas, Nicola...

— Não, Harold — sussurrou ela, com a voz áspera. — Não dessa vez. Não vai dar um jeitinho de se safar da situação. Pelo menos uma vez na vida, mostre que tem caráter. Faça a coisa certa. Caso contrário, Harold, se eu sobreviver a isso, vou à imprensa e direi que você era a mente por trás da trama toda, ouviu bem? O que seus futuros clientes nos Estados Unidos vão achar *disso*?

O queixo do rapaz começou a tremer, como se estivesse prestes a chorar. De fato, ela já podia ver as gotas se acumulando nos cantos dos olhinhos de porco.

— Está... está certo, Nicola — gaguejou ele, por fim. — Vou... vou fazer isso. Mas não... não vá à imprensa. Por favor. Estou implorando.

A jovem soltou seu colarinho e deu um passo para trás.

— Não vou — retrucou ela. — Se você fizer a coisa certa.

— Vou fazer — afirmou ele, levantando-se, trêmulo. — Juro que vou, Nicky.

Então, ainda lutando contra as lágrimas, o Almofadinha cambaleou pela porta, fechando-a gentilmente e trancando-a em seguida quase com timidez.

Nicola apenas permaneceu de pé, encarando a porta sólida enquanto ouvia o barulho da tranca, com o coração batendo num ritmo acelerado e descompassado. Porque, pela primeira vez, estava assustada. Estivera temendo por si mesma o dia inteiro, mas agora não temia mais pela própria vida.

Naquele momento, Nicola se via temendo pela vida daqueles que amava. Pois, ao que parecia, Lorde Farelly enfim tinha achado um modo de vencer, o que significava que seria o fim para Vovó e Pudim, e para os fazendeiros que arrendavam as terras da propriedade, e para todos que dependiam da Abadia Beckwell como meio de subsistência.

A não ser... a não ser que Harold desse um jeito de agir com coragem. Nicola sabia que a chance era mínima. Ainda assim, havia uma esperança.

E, de todo modo, ela estava mais que pronta para uma batalha.

— "Siga, Chester, siga" — sussurrou ela, destemida, para a porta fechada. — "Avante, Stanley, avante! De Marmion foram as palavras restantes."

Capítulo Dezoito

— Ah — disse Lorde Sebastian após abrir a porta da cela de Nicola e a encontrar sentada humildemente no colchonete. Ele a fitou com interesse, permanecendo encostado no batente da porta, braços cruzados no peito. — A noiva recatada.

— Dá azar — informou Nicola — ver a noiva antes da cerimônia.

— Azar. — O visconde riu entre dentes, então caminhou despreocupadamente para o interior do cômodo, tendo que se curvar um pouco para evitar bater a cabeça nas vigas. — Pelo visto é isso mesmo. Para nós dois. Afinal, não é exatamente meu sonho me casar com uma garota que diz detestar o chão que piso, sabia?

— Bem, não é exatamente meu sonho — disparou ela — me casar com um homem que parece achar que todos deveriam venerar o chão que ele pisa.

— *Touché* — disse o rapaz, com um sorriso irônico. Nicola não pôde deixar de notar o quanto ele era bonito. Pena que tinha plena consciência do fato.

— O que deseja, milorde? — indagou a jovem da cama.

— Seu pai já voltou com o pastor?

— Ainda não — respondeu ele, bem amigável, conforme pegou um pedaço de pão da mesa. — Só achei que deveria vir aqui para esclarecer algumas coisas antes do casamento de fato acontecer, entende?

— É mesmo? — ironizou Nicola, sem ânimo. — Quanta consideração.

— Provavelmente vai mudar de ideia quanto a isso. — Lorde Sebastian colocou o pão na boca, mastigou, engoliu e começou a lamber os dedos. — Assim que ouvir o que tenho a dizer. Mas aí vai, de qualquer modo. Primeiro: estou tão animado a respeito disso quanto você, Srta. Sparks, então pode ficar tranquila: não tenho a menor intenção de que vivamos como marido e mulher.

— Ah? — disse Nicola, educadamente.

— É. Pretendo ter um quarto no clube. Você pode morar com minha mamãe e Honoria. Tenho certeza de que elas apreciarão sua companhia muito mais que eu. Afinal, todo aquele papo incessante sobre poesia! — Ele revirou os expressivos olhos azuis. — Juro, algumas vezes acreditei que iria enlouquecer, tendo que ouvir aquilo.

— Que esclarecedor — observou a jovem. — Continue.

— Segundo — prosseguiu ele: — irá me respeitar e me tratar com a devida cortesia de uma esposa. Como seu marido, espero que minha palavra seja lei. Deverá se comportar como eu mandar, ou se verá novamente trancada neste quarto antes que consiga sequer argumentar.

— Entendo — disse Nicola.

— Terceiro — continuou Lorde Sebastian, indicando as pontas dos dedos: — deverá sempre manter uma aparência agradável e atraente. Nada de tentar me deixar desinteressado ao não limpar os dentes ou deixando de lavar o cabelo. Lembre-se de que será uma viscondessa e que deve se portar de acordo.

— Concordo — afirmou a jovem.

— Quarto: não irá esbanjar meu dinheiro com futilidades. Receberá uma mesada, é claro, mas deverá manter seus gastos dentro de um limite. Está entendendo?

Nicola assentiu reverentemente.

— Sim, milorde.

Satisfeito com a aparente mudança no comportamento da jovem, ele continuou:

— Quinto: com relação a me dar um herdeiro, obviamente terá um filho dentro de um ano.

— Mas isso não será difícil — perguntou ela docemente — se estivermos vivendo em lugares separados?

Lorde Sebastian franziu o rosto. Era evidente que não tinha pensado nisso.

— Teremos que ter contato físico um com o outro de vez em quando — admitiu o rapaz. — Posso dormir em casa em vez de no clube aos sábados e domingos.

— Parece um plano muito sensato — respondeu Nicola.

Ele sorriu ao vê-la tão complacente e pegou um pedaço de queijo.

— Desde que se lembre dos tópicos que acabei de descrever, e que mantenha o falatório ao mínimo — disse o visconde, mastigando —, prevejo que nós dois nos daremos admiravelmente bem, Srta. Sparks. Pois, apesar de todas as falhas de sua personalidade, você é bastante agradável aos olhos. Sinceramente, jamais considerei este casamento um fardo. Estava até animado para isso, na verdade. Um homem gosta de ter alguma estabilidade na vida, entende? E ter uma esposa bonita para quem retornar ao fim de um longo dia no jóquei ou jogando cartas é sempre uma bênção. Se apenas conseguir segurar a língua, Nicola, acredito que tenhamos uma boa chance de termos um matrimônio feliz. Não acha?

Do colchonete, a jovem respondeu humildemente:

— Se é o que diz, milorde.

— Bem. — Lorde Sebastian a observou com alguma surpresa. — É o que digo. É o que declaro, Nicola. Você realmente está sendo bem cooperativa. Teria feito com que meu pai a trancasse muito antes se soubesse que este seria o efeito. Devo dizer, acho que existe uma chance real de termos um casamento decente, não?

Nicola sorriu para ele.

— Sem dúvida. Tanta chance quanto qualquer casal, milorde.

Parecendo imensamente satisfeito, Lorde Sebastian disse:

— Bem, estou muitíssimo contente por termos tido essa conversinha. — Então, olhando em direção à mesa, comentou: — Achei que tivessem trazido uma jarra de cerveja também. Onde está?

Ainda sentada na cama, Nicola perguntou:

— Ah, gostaria de um pouco de cerveja, milorde?

— Sim — replicou o rapaz. — Aquele queijo me deixou com sede.

— Ora, então — disse ela, levantando-se. — Por favor, milorde, deixe que eu o sirva, como uma boa esposa.

Ao dizer aquilo, Nicola lançou o braço para trás e, com toda a força que conseguiu reunir, deu com a jarra que estivera segurando na cabeça loira de Lorde Sebastian.

O recipiente de barro explodiu, espalhando cerveja e pedaços de cerâmica por todo canto. Mas ela não se importava nem um pouco. Mal notou aquilo, na verdade. Apenas tinha olhos para o visconde que, sem saber o que o atingira, permaneceu de pé um momento, parecendo confuso enquanto a bebida escorria pelos cachos dourados e pela costura elegante do colete prateado.

— Escute — disse Nicola. — Está ouvindo os sinos de casamento, milorde?

Lorde Sebastian assentiu, perdido. Então seus olhos se reviraram lentamente, e ele desabou com um estampido no chão. Nicola saiu do caminho com rapidez, para que não servisse inadvertidamente de almofada para sua queda, pois não tinha intenção alguma de amortecê-la.

Assim que ele caiu inconsciente no chão, Nicola retornou ao que estivera fazendo antes de ser grosseiramente interrompida.

Que era soltar as tábuas de madeira presas na pequena janela na extremidade da cela.

Ela ouviu o Rabugento chamar do andar de baixo:

— Lorde Sebastian? Lorde Sebastian, está tudo bem aí em cima? — Com certeza ouvira o barulho do visconde caindo no chão. — Lorde Sebastian, seu pai chegou com o pastor. Faria a gentileza de trazer a menina para que possamos começar a cerimônia?

Sentindo-se revigorada, Nicola deu com o pé nas últimas tábuas que lhe barravam o caminho para a liberdade. Como eram velhas e estavam danificadas pelo clima, a madeira cedeu facilmente.

— Só um instante — disse ela, a fim de impedir que alguém decidisse subir para buscá-la. — Quero apenas... pentear meu cabelo!

Ao ser atingida pela brisa fresca do mar, Nicola pôs a cabeça e os ombros para fora da janela...

... e percebeu que ela dava em um telhado uns bons 6 metros acima do chão. Ao redor, havia apenas chaminés e telhas lançando-se em direção ao céu estrelado. Abaixo, podia ver a rua estreita, porém vazia àquela hora da noite. A menos de uma rua de distância ficava a doca, com grandes navios altivos e imponentes, ancorados nos recuos, conforme os mastros se erguiam bem acima dos telhados, como pinheiros em direção ao céu iluminado.

Pela primeira vez no dia, a jovem sentiu um lampejo de esperança pelo futuro.

— Ei! — Nicola ouviu o Rabugento gritar atrás dela. *Muito* próximo a ela. O homem estava no interior da cela! — Onde pensa que vai? E o que... Meu Deus! O que fez com o visconde?

Não havia mais tempo para sentar e admirar a vista. Nicola tinha que se mexer e rápido. Embora a janela fosse um pouco apertada para passar a cintura, ela conseguira se retorcer e colocar finalmente quase todo o corpo para fora.

Quase todo, porque, enquanto seus joelhos se arranhavam contra a madeira destruída, um dos tornozelos foi agarrado e puxado por mão de ferro. Para alguém tão magricelo, Lorde Renshaw era surpreendentemente forte.

— Volte aqui! — gritou o Rabugento, segurando o pé da jovem com toda a força. — Volte!

Mas Nicola já provara o gostinho maravilhoso da liberdade para se permitir perdê-la de novo. Contorcendo-se, como um gato, e com alguns chutes bem dados, ela conseguiu por fim desvencilhar o pé das mãos do homem... embora tivesse escapado sem um dos sapatos.

— Você! — esbravejou ele, balançando o sapato na janela enquanto a jovem mancava pelas telhas, algo que não era nada fácil, pois havia muitas partes podres que tendiam a escorregar sob seus pés e deslizar pelo telhado inclinado até se espatifarem na rua abaixo. — Volte aqui, sua fedelha ingrata!

Contudo, após atravessar o território traiçoeiro, quase perdendo o equilíbrio diversas vezes graças às telhas soltas, Nicola finalmente alcançou uma chaminé de tijolos a alguns metros de distância. Ela jogou os braços ao redor desta e se virou, arquejando, para encarar o Rabugento no crepúsculo roxo.

— Não vou voltar — informou ela, sem fôlego. — E não pode me obrigar.

— Ah, não posso, é? — Ele balançou a cabeça. — Não pode ficar aí para sempre, sabia, Nicola? Vai começar a chover a qualquer momento... Ou você vai escorregar. Acabará causando a própria morte, garota idiota.

— Não me importo — retorquiu a jovem. — Desde que não tenha que me casar com o visconde.

— Casar! — exclamou o Rabugento. — Ora, terá sorte se não o tiver matado. Assassinato é um crime que leva à forca, ouviu?

Nicola refletiu acerca daquilo: se fosse enforcada pelo assassinato do visconde, Lorde Renshaw acabaria herdando a Abadia Beckwell no fim das contas. Mas ela sabia que Lorde Sebastian não estava morto. Estivera respirando de forma bem estável da última vez que ela verificara. Ademais, tinha batido apenas com uma jarra de barro. Ele acordaria com uma dor de cabeça certamente, mas sem estilhaços no crânio. A jovem duvidava de que sequer deixara uma cicatriz na bela cabeça do rapaz.

— Volte aqui agora mesmo, Nicola Sparks — gritou o Rabugento, pausando entre as palavras para tossir no lenço, pois aparentemente havia uma boa quantidade de coisas no ar noturno que sua garganta sensível achava condenável. — Volte aqui neste minuto, antes de escorregar e fraturar a cabeça.

— Não — respondeu ela, sentando-se nas telhas escorregadias que ficavam ainda mais perigosas devido ao fato de ela calçar somente um sapato. Nicola se recusou a fazer qualquer movimento, e tentou não notar o quanto o corpo tremia, embora não fosse por causa do frio, pois a temperatura estava bem agradável. Na verdade, mesmo se quisesse, não sabia se conseguiria ter se mexido de tão apavorada que se sentia por estar num lugar tão elevado e sem um piso estável. Então decidiu que era melhor ficar ali, imóvel.

Logo uma outra voz se juntou a Lorde Renshaw. Lorde Farelly também estava no segundo andar e a encarava com raiva.

— Vou colocar você atrás das grades por isso — gritou o conde, apesar de ser corpulento demais para ir atrás dela, embora quisesse muito, a julgar pela vermelhidão raivosa em seu rosto. — Se tiver matado meu menino, sua víbora...

— Ele não está morto — informou Nicola, enojada.

— Vou mandar Grant pegá-la — rugiu ele. — Espere só para ver.

Mas Nicola sabia que o condutor, assim como Lorde Farelly, não passaria pela janela. O único que talvez tivesse sido capaz de se espremer pela abertura estreita era o Rabugento. Ela podia ouvir os homens discutindo dentro do pequeno quarto no sótão conforme o conde tentava convencer o tutor da menina a se arriscar.

— Eu não vou! — A jovem ouviu o Rabugento exclamar. — Ora, você viu o que ela fez com seu filho! Acha que hesitaria em me empurrar do telhado na primeira chance que tivesse?

Então a jovem ouviu a batida de cascos de cavalos nas estreitas ruas de paralelepípedo abaixo e percebeu que alguém estava vindo.

E não só uma pessoa, na verdade, mas um grupo.

Esticando o pescoço, Nicola tentou espiar o outro lado da chaminé em que estava reclinada. Por mais que a rua estivesse escura — pois o sol tinha se posto atrás das casas a oeste —, ela calculou que devia ter pelo menos meia dúzia de homens se aproximando. Obviamente podiam ser apenas homens com negócios nas docas. Ou podiam ser reforços trazidos pelo Almofadinha...

Mas, não, qual seria a chance daquilo? O Almofadinha certamente ainda não tinha chegado a Mayfair. Se tivesse realmente conseguido escapar — e ela supunha que tinha, pois não ouvira a voz do primo se juntando à gritaria na cela —, sem dúvida tinha corrido ao navio que o levaria aos Estados Unidos. Afinal, por que se encrencaria para ajudar uma menina que se recusara, e tão grosseiramente, a se casar com ele?

Em seguida, os homens a cavalo surgiram no campo de visão da jovem, na rua abaixo. Nicola acertara: *havia* seis sujeitos, sendo que quatro vestiam uniformes de guardas!

— Socorro! — gritou a jovem, enquanto se segurava na chaminé, tentando ficar de pé no telhado perigosamente inclinado. — Aqui em cima!

Ela viu os oficiais — não conseguia lhes discernir os rostos — puxarem as rédeas das montarias. No entanto, ao mesmo tempo, também ouviu uma voz atrás dela e se apavorou ao virar e se deparar com o condutor contratado — Grant — escalando pelo outro lado do telhado. Aparentemente ele tinha encontrado uma janela muito maior por onde sair.

— Não se preocupe, milorde — gritou Grant para Lorde Farelly. — Já estou chegando. Vou fazê-la descer imediatamente. — Então, com os braços bem abertos para segurá-la caso resolvesse tentar fugir, ele disse para Nicola: — Venha cá, moça. Não vou machucar você.

Obviamente a jovem não acreditou nele e manteve as costas contra a chaminé, afastando-se o máximo possível, sem soltar as mãos.

— Fique longe — advertiu ela, quando ouviu o telhado ranger com o peso do homem. — As telhas estão soltas aqui. Você vai cair.

Mas o condutor continuou seguindo em sua direção enquanto pedaços de telhas lascavam embaixo de seus pés e deslizavam pela lateral do telhado, estilhaçando de forma barulhenta na lavanderia atrás da casa.

— Só mais um pouco — disse Grant ao se aproximar cada vez mais dela. Sem parecer se importar com o risco no qual os colocava. — Me dê sua mão, moça.

— De jeito nenhum — declarou Nicola, agarrando-se com força e firmeza à chaminé.

— Me dê a porcaria da mão — ordenou o sujeito, que estava apenas a 30 centímetros. Pelo cheiro, a jovem podia sentir perfeitamente que ele tinha experimentado os muitos barris de cerveja da taberna durante as longas horas que ficara presa no sótão. Os olhos do homem estavam vermelhos e fora de foco, e as bochechas e o pescoço tinham uma aparência áspera devido à barba por fazer.
— Vou ajudá-la a descer.

— Me ajudar a descer? — Nicola soltou uma risada amarga. — É mais provável que me leve em direção à morte, isso sim.

Meio segundo depois, ela se arrependeu imensamente das palavras sarcásticas. Porque, de repente, pareceram ser uma profecia. Assim que o condutor passou para o lado em que Nicola estava do telhado, ele arregalou os olhos alarmado ao sentir um grande pedaço de telhas ceder sob os pés. Grant começou a escorregar pela inclinação — muito, muito lentamente a princípio — e tentou parar a queda se esticando e agarrando a primeira coisa que os dedos conseguiram tocar.

O que por acaso era a saia do vestido de Nicola.

A jovem não era forte o bastante para segurar o peso de ambos. Ela podia sentir os dedos soltando devagar dos tijolos aos quais estava agarrada, até que o peso extra do condutor tornou impossível que Nicola se segurasse por mais tempo. Então ela também perdeu o equilíbrio...

... e ambos escorregaram, como competidores em algum tipo de corrida, até não haver mais telhado e Nicola perceber que caía pelo ar, convencida de que aquilo era o fim.

Capítulo Dezenove

Pelo menos até que chegasse ao chão, o que Nicola fez com os olhos bem fechados, pois não tinha desejo algum de testemunhar a própria morte.

No entanto, após colidir com bastante força contra algo duro — mas não tão duro quanto pedras de paralelepípedo — e estranhamente peludo em alguns pedaços, ela ficou surpresa ao descobrir que ainda podia respirar quando finalmente conseguiu recuperar o fôlego. Certamente, se estivesse morta, aquilo não seria possível.

Ao abrir um dos olhos — pois estava com bastante medo de se deparar com o próprio sangue ou então com o sangue do condutor —, a jovem não viu o próprio corpo destroçado, nem o de ninguém, na verdade. Em vez disso, viu uma orelha.

A orelha de um homem, meio escondida numa cabeça de cabelo castanho-escuro.

Ao abrir o outro olho, Nicola ficou aliviada ao ver que a cabeça à qual a orelha pertencia fazia parte de um pescoço, e que aquele pescoço estava ligado a um par de ombros largos cobertos em lã azul. Além disso, pôde notar que o sujeito a quem os ombros e a orelha pertenciam estava montado num cavalo.

E que ela, Nicola, aparentemente tinha caído do telhado nos braços do homem de ombros largos.

E que o homem de ombros largos estava dizendo alguma coisa a ela — o nome dela —, e que ela o reconhecia, o que era ainda mais curioso. Não só o reconhecia como percebia naquele instante que o amava.

— Nat! — exclamou ela, jogando ao redor do pescoço do rapaz os dois braços, que felizmente não tinham sofrido um arranhão na queda graças a ele. — Ah, Nat!

— Nicky, você está bem? — Sem o medo fazendo o sangue martelar agressivamente na cabeça, Nicola percebeu que conseguia ouvi-lo normalmente. E o alívio que ouviu na voz do rapaz foi um som realmente muito bem-vindo.

— Meu Deus, eles machucaram você?

— Não, estou bem — garantiu ela, agarrando-se com força no pescoço de Nathaniel. — Estou bem mesmo.

— Está tremendo. — Ela sentiu Nathaniel se mover para enrolar as pontas da capa em torno de seu corpo. — Está com frio?

— Não — respondeu a jovem, com alegria, conforme se encostava no ombro do rapaz. — Estou rindo.

E estava mesmo. Rindo de alívio e espanto. Que ela pudesse mergulhar no ar, convencida de que ia ao encontro da própria morte, e caísse nos braços de Nathaniel Sheridan em vez disso parecia mais que um mero milagre. Para Nicola, era a coisa mais fantástica que já acontecera na história do universo.

— Ela está bem, Nat? — perguntou uma voz familiar. Então a jovem olhou para cima e viu o pai de Nathaniel, Lorde Sheridan, espreitando-a de seu cavalo, com uma expressão de grande preocupação e carinho.

— Estou bem, milorde — garantiu a jovem em meio às lágrimas de alegria e felicidade.

Lorde Sheridan, contudo, não soou tão bem-humorado quanto ela ao dizer para o filho:

— Leve-a para casa. Nós vamos dar um jeito aqui.

Naquele momento, Nicola ergueu a cabeça o bastante do ombro de Nathaniel e reparou no que acontecia ao redor. Logo viu que Grant, o condutor contratado, tinha tido a mesma sorte que ela — mas a aterrissagem aparentemente não fora tão fortuita, pois o homem caíra de bunda em uma tina de água. Conforme a jovem observava, dois guardas lutavam para dominá-lo enquanto ele se debatia na tina, esparramando ondas de água para todos os cantos, e entretendo os marinheiros de aparência rústica e as pessoas que tinham se reunido para ver a cena cômica.

No interior da taberna — cujo nome era Rosa Dourada, percebeu Nicola ao notar a placa desgastada pelo clima que havia acima da porta —, podiam ouvir o som da luta dos guardas lá dentro, que tentavam pegar Lorde Farelly e o Rabugento.

— Me soltem! — Nicola ouviu Lorde Renshaw choramingar. — Como ousam? Não sabem que sou um barão?

Estremecendo, Lorde Sheridan acenou para o filho.

— Vá embora — pediu ele. — Leve Nicola para um lugar seguro. Nós podemos dar conta dessa gente. Vejo vocês dois em casa.

Então, assentindo para o pai, Nathaniel deu meia-volta com o cavalo e começou a longa cavalgada de volta a Mayfair, com Nicola nos braços.

Assim como fizera o bravo Lochinvar — a jovem não pôde deixar de comparar —, que também tinha carregado a bela Ellen após resgatá-la dos captores.

Muito poderia ter sido dito no percurso da jornada. Palavras afetuosas e carinhos ainda mais intensos podiam ter sido trocados. Não seria nada surpreendente descobrir que Nicola, com os braços ainda agarrados ao pescoço de Nathaniel — que ela não teria soltado por nada no mundo — e com o corpo aninhado contra o dele na sela, estava imaginando que declarações de grande afeto seriam pronunciadas em breve. Afinal, o coração transbordava de amor e gratidão por tudo que ele fizera. Pois Nathaniel não tinha arriscado a própria vida para salvar a sua? Ora, aquilo não era um sinal de afeto genuíno e duradouro?

Um sentimento mais que recíproco. Nicola estava pronta a admitir o que vinha suspeitando por meses — quem sabe até por anos —, mas que nunca estivera disposta a aceitar até o momento: ela amava Nathaniel Sheridan. Estava apaixonada por ele havia séculos. E nenhum outro homem a faria feliz.

Por que outra razão, refletiu ela, ele a deixava tão louca com aquelas provocações? Por que outra razão a recusa em ler os livros que ela amava sempre a irritava? E por que outra razão naquele instante, enquanto observava de perto aquela única mecha de cabelo que caía eternamente sobre os olhos de Nathaniel, estava completamente convencida de que amava aquilo com mais carinho do que tinha amado qualquer outra coisa na vida?

Não, não havia escapatória. Nicola amava Nathaniel Sheridan — o verdadeiro Nathaniel Sheridan, e não uma imagem idealizada que ela havia construído em sua cabeça — mais do que tinha amado qualquer um que já conhecera.

Então não foi um choque nada pequeno quando as primeiras palavras do rapaz no caminho para casa não foram declarações de amor eterno, e sim, na verdade, palavras de repreensão.

— O que estava pensando — demandou ele, soando verdadeiramente irritado — ao sair de casa assim, sem dizer para ninguém aonde ia?

Levantando a cabeça do ombro do amado, a jovem o encarou espantada. Onde estava o pedido de casamento que ela havia esperado? Onde estavam as declarações carinhosas de devoção, de afeto e de amor eterno?

E como assim Nathaniel estava culpando *Nicola* pelo que acontecera?

— Não foi culpa minha! — exclamou ela. — Eles me enganaram!

— Harold Blenkenship nos contou exatamente como a enganaram — informou o rapaz, bastante zangado, na opinião de Nicola. — Só uma pessoa completamente tola teria caído num golpe desses. Sir Hugh pedindo para encontrá-lo na Casa Grafton. Que ideia! Ele nunca teria feito isso em mil anos.

Começando a se sentir bem menos apaixonada e bastante aborrecida, na realidade, Nicola soltou um tanto o pescoço de Nathaniel.

— O bilhete dizia que era para ser uma surpresa — declarou ela, de forma defensiva. — Uma surpresa para Eleanor. Como eu poderia saber que era uma mentira?

— Porque, se tivesse a sensatez que Deus deu a um gato — retorquiu Nathaniel —, saberia que Sir Hugh é um cavalheiro e que jamais pediria a uma mulher solteira para que o encontrasse desacompanhada, mesmo em plena luz do dia e num lugar público. Nicola, não sei como não foi assassinada. Poderia facilmente ter acontecido, sabia?

Toda a risada boba que se acumulara dentro da jovem esvaziou. Tudo o que passou a sentir foi tristeza. Nathaniel não sentia o mesmo por ela. Como poderia se falava daquele jeito tão cruel? Será que não percebia que estava estragando o que poderia ter sido um momento realmente lindo?

— Sei disso agora — disse ela, esforçando-se muito para não fungar. Estava tão decepcionada! — Mas não precisa ser tão terrível. Foi um simples engano.

— Um engano que poderia ter lhe custado a vida! — exclamou Nathaniel, conforme conduzia o cavalo pelas ruas estreitas... que começavam a ficar mais largas ao se aproximarem do coração da cidade, com casas menos dilapidadas de ambos os lados. — Juro, Nicola, às vezes acho que precisa de alguém para tomar conta de você.

A jovem teve que se segurar para não chorar. Ele jamais a chamara pelo nome tantas vezes seguidas. Normalmente era Nicky, ou às vezes Nick. Jamais Nicola. Seu nome parecia muito ameaçador vindo dos lábios de Nathaniel Sheridan.

Naquele momento ficou claro que ele realmente não a amava. Talvez jamais tivesse amado. Talvez todas aquelas provocações fossem simplesmente brincadeira entre amigos. Talvez não fosse, afinal, uma forma de mascarar qualquer sentimento mais profundo e intenso, como ela às vezes suspeitava.

Ah, está bem. Desejava.

— Bem — disse Nicola, não conseguindo parar de fungar, mas tentando disfarçar com uma tosse. — Pelo menos fiz a coisa certa no fim das contas. Convenci Harold a buscar ajuda...

— Se isso não é um perfeito exemplo de um cego guiando outro cego, não sei o que é. — O tom de Nathaniel parecia totalmente enojado. — Aquele garoto só escapou de uma sova porque eu estava ocupado demais tirando você da confusão que ele próprio ajudou a criar, para começo de conversa. Se ele tivesse simplesmente falado alguma coisa desde o início...

— Ele falou — argumentou Nicola, um pouco espantada por estar defendendo o Almofadinha. — Ele tentou. Você não entende. Não é fácil para Harold. Ele quer ser um estilista, mas o pai não deixa.

— E isso é desculpa para não fazer nada quando meninas inocentes são ameaçadas? — Nathaniel balançou a cabeça, o perfil parecendo muito austero e sério à luz do lampião que queimava na esquina da rua. Não parecia nem um pouco inclinado a beijá-la, como Nicola tinha esperado. — Vou logo dizendo, Nicky. Eles vão pagar muito caro por isso. Seu tio vai para cadeia, e eu não ficaria surpreso se Lorde Farelly e o visconde acabarem atrás das grades também.

— Ele não é meu tio — respondeu ela, sem pensar.

Então, de repente, se deu conta de que ele a chamara de Nicky. Sim, tinha mesmo! Ela tinha certeza.

O que significava que talvez ainda houvesse esperanças, afinal.

Só que Nicola sabia que teria que proceder com muito cuidado e, assim, voltou a segurar com um pouquinho mais de força o pescoço do rapaz.

— De todo modo — disse a jovem, de forma hesitante e nervosa porque não queria que ele se aborrecesse de novo —, você chegou bem na hora, Nat. Assim como... assim como Lochinvar!

É claro que Nicola havia esquecido momentaneamente, como a jovem tola que era, o quanto ele odiava aquele nobre cavaleiro. Mas lembrou de imediato quando ele virou o rosto e a encarou de cenho franzido.

— Ah, Nat! — lamentou ela, totalmente devastada. — Sério. Simplesmente precisa parar com esse preconceito absurdo que tem contra poesia. Qual é o problema, hein?

Conforme o cavalo seguia devagar, porém com firmeza, pelas ruas da cidade, Nathaniel, alheio aos muitos olhares curiosos que atraíam — pois era de fato bem estranho ver um jovem charmoso com uma bela moça, sem chapéu e luvas, assim como sem um dos sapatos, jogada de forma atravessada na sela, como um prêmio de batalha —, deu de ombros e admitiu:

— É que é tudo tão idiota. Ninguém fala daquele jeito, Nicky. Não na vida real. Por que não podem se expressar de forma mais simples, como as pessoas falam de verdade? É por isso que não gosto. Não entendo; não consigo, sinceramente. — Então, novamente com raiva, ele questionou: — Por que Romeu não é direto e fala simplesmente que ama Julieta, em vez de dizer aquelas coisas todas sobre como ele queria ser uma luva?

Sem conseguir evitar o gesto, Nicola afrouxou uma das mãos do pescoço e a levantou para mexer na mecha solta de cabelo que tinha caído na testa do rapaz. Ela não queria fazer aquilo, mas simplesmente não conseguiu evitar.

— Porque aí a peça seria muito curta — replicou ela. — E ninguém acharia que valeu a pena.

Se Nathaniel tinha notado o que ela fazia com seu cabelo, não pareceu se incomodar. Em vez disso, comentou num tom agressivo:

— Imagino que tenha sido assim que Bartholomew conseguiu convencê-la a se casar com ele. Lançando um monte de poesia em você.

— Na verdade — disse Nicola —, não. Ele não precisou. Eu nem conhecia Lorde Sebastian, entende? Disse sim quando ele me pediu em casamento porque eu amava, ou achava que amava, a ideia que fazia dele. Mas aquela imagem endeusada não tem nada a ver com a pessoa que ele é, na verdade. Você tentou me advertir, mas não dei ouvidos.

— De fato.

De repente Nathaniel puxou as rédeas do cavalo até que eles parassem no meio da rua. Então ainda mais pessoas começaram a observá-los, mas ele não pareceu reparar. O braço que estava enroscado em torno de Nicky, que a mantinha na sela, abraçou-a mais, e, olhando muito atentamente para o rosto da jovem, Nat disse:

— Espere um minuto, Nick. Está querendo dizer... Está querendo dizer que não ama mais Bartholomew?

— Não — respondeu ela, retirando a mão do cabelo dele e envolvendo o pescoço do rapaz com os braços. — Quero dizer que nunca o amei, na verdade. Só achei que o amava, pois era mais fácil que admitir para mim mesma a verdade em relação a quem eu *realmente* amo.

— E quem — perguntou Nathaniel, bem diretamente, como se a resposta importasse muito para ele — você ama?

Nicola desviou o olhar, mas não conseguiu evitar que um sorrisinho de flerte surgisse no rosto.

— Minha nossa — comentou a jovem. — Para alguém que se formou em primeiro lugar na faculdade de matemática em Oxford, seus poderes de dedução não são muito bons, não é?

Por um instante, Nathaniel apenas a fitou, confuso. Então uma expressão de alegria sincera se espalhou por seu rosto. Um segundo depois o rapaz a esmagava num abraço possessivo e carinhoso ao mesmo tempo.

— Nicky! — disse ele, alegremente, com o rosto no cabelo bagunçado da jovem. — Está sendo sincera? Ou está só de brincadeira?

Nicola se afastou um pouco — uma tarefa difícil, considerando a força dos braços que a seguravam — para que pudesse encarar o rapaz.

— É claro que não estou brincando — respondeu ela, no tom mais sério que já usara na vida. — Tentei colocar de forma direta para que você entendesse. Sei o que acha de poesia...

Mas ela não pôde dizer mais nada. Isso porque os lábios de Nathaniel foram de encontro aos dela e a silenciaram por um momento.

E Nicola, que havia sido beijada apenas por um deus, percebeu que ser beijada por um mortal era muito melhor, porque ele parecia realmente beijar com vontade. Ou quem sabe era só porque, daquela vez, estava sendo beijada por um homem que ela amava de verdade e cuja amizade valorizava acima de tudo...

De todo modo, ser beijada por Nathaniel Sheridan, mesmo montada em um cavalo e no meio de uma rua pública, era realmente a coisa mais empolgante que já acontecera a Nicola.

Pelo menos até Nathaniel levantar o rosto e dizer com voz rouca:

— Nicky, eu amo muito você. — E então voltar a beijá-la ainda mais apaixonadamente.

Aquilo, decidiu Nicola, era realmente a coisa mais empolgante que já acontecera a ela. Pelo menos até que ele fizesse tudo de novo.

Capítulo Vinte

— Então, Vovó? — perguntou Nicola, enquanto pegava um pedaço de bolo de gengibre do prato e o colocava na boca, esquecendo por um momento o aviso de Madame, de não falar de boca cheia. — O que achou dele?

Vovó ergueu o olhar da jarra de limonada que preparava — usando os limões que o irmão de Lady Sheridan trouxera de suas viagens de navio — com um largo sorriso no rosto rechonchudo.

— Ah, Srta. Nicky — disse ela, com os olhos azuis brilhando. — É especial, esse daí. Não podia ter escolhido melhor nem se tivesse feito um concurso.

— Sim — concordou Nicola, satisfeita. — Também acho. E Pudim? Pudim gostou dele?

— Ora, mas é claro! — A senhora, que era o mais próximo que Nicola tivera de uma avó, enrugou os olhos alegremente. — Seu rapaz já até mostrou pra ele uma forma melhor de fazer as contas do leite e da lã de ovelha.

— Nathaniel é muito bom com números — comentou a jovem.

— É um ótimo rapaz — afirmou Vovó, com aprovação.

— Escolheu bem, Srta. Nicky.

Nicola tinha que concordar. Escolhera *mesmo* muito bem. Mais que isso, na verdade. Ela era simplesmente a menina mais sortuda do mundo... Algo que Eleanor também parecia achar, como admitiu com ansiedade momentos depois, quando as duas estavam juntas na toalha de piquenique que tinham aberto no gramado da abadia.

— Ah, Nicky — suspirou Eleanor, olhando para o céu azul sem nuvens acima. — Como tem sorte.

Conforme enchia o copo da amiga com a limonada que Vovó fizera, Nicola seguiu o olhar da amiga. O céu de verão realmente estava num tom estonteante de azul. Não dava para ver um sinal sequer da nuvem de fumaça da mina de carvão a quilômetros de distância.

— Porque sou órfã? — perguntou Nicola.

— Não, não por isso. — Eleanor se sentou, ereta. — Por tudo isto aqui. — Ela lançou um braço para a frente, como se quisesse abarcar todo o pasto verde ao redor delas, assim como o arco azul acima e a pitoresca casa de campo atrás, tudo em um gesto. — É tão lindo!

— E pensar — comentou Nicola, deitando-se na toalha ao lado da amiga — que queriam passar um trem por aqui.

— Fico muito contente que não tenha permitido — disse a jovem, com seriedade. — Quero dizer, sou super a favor do progresso, Nicky, mas não...

— ...quando ele atravessa bem no meio de seu terreno — completou Nicola. — Eu sei. Penso o mesmo. A Stockton & Darlington pode construir todas as ferrovias que quiser, desde que não faça isso em *minha* propriedade.

— Pelo menos pediram desculpas — lembrou Eleanor. — Digo, o Sr. Pease não sabia que você era contra a venda. Afinal, Lorde Renshaw disse a ele que você adoraria se desfazer da abadia.

— Acho que o Rabugento aprendeu com os próprios erros — comentou Nicola, rolando e ficando de bruços para pegar uma margarida próxima. — Não acha?

— Considerando que sua residência atual é a Prisão Newgate, você quer dizer? — Eleanor soltou uma pequena risada. — É, imagino que sim. Espero que ele e Lorde Farelly estejam aproveitando as novas acomodações.

— E Lorde Sebastian também — acrescentou Nicola, retirando uma pétala da margarida que ela pegara. *Bem me quer.* — Não se esqueça dele.

— Ah, Lorde Sebastian. — Eleanor se deitou ao lado da amiga, descansando o queixo sobre a mão. — Como poderia me esquecer? Ainda assim, é um desperdício toda aquela beleza masculina trancafiada em uma cela de prisão.

— Ele deveria ter pensado nisso — retrucou Nicola ao retirar outra pétala da flor — antes de concordar com o esquema do pai. — *Mal me quer.*

— Sem dúvida. E por acaso contei a você, Nick? Lady Farelly teve que fugir para o continente de tão impopular que se tornou por causa disso tudo. Ninguém em Londres queria recebê-la depois que a notícia dos planos do marido chegou aos jornais.

— Antes o continente — declarou Nicola — que a prisão. — *Bem me quer.*

— Verdade. Mas, ah, Nicky! Quase esqueci. Ouvi a história mais estranha logo antes de partirmos. Sobre Lady Honoria! O que acha? Dizem que ela fugiu para os Estados Unidos. Para os *Estados Unidos*, de todos os lugares, Nicky! E não vai acreditar com quem.

— Ah, acho que consigo adivinhar — disse a jovem. *Mal me quer.* — Meu primo Harold?

Eleanor soltou um gritinho.

— Sim! Não é a coisa mais louca que já ouviu? Lady Honoria e o Almofadinha! Não posso imaginar como ele conseguiu convencê-la a ir... Embora ache que não deva ter sido tão difícil, considerando a outra opção. Sem dúvida estava acabada em Londres, igual à mãe. Mas, ainda assim. Escolher o Almofadinha em vez da própria mãe... Ela realmente devia odiar Lady Farelly. Nossa, achei que nunca mais fosse parar de rir quando soube disso.

— Acho que pode ser uma coisa boa — afirmou Nicola. — Desde que ele a mantenha longe das penas. — *Bem me quer.*

— Onde acha que estão todos? — Eleanor se sentou de novo, fazendo sombra nos olhos para enxergar à distância. — Meu Deus, Nicky. Duvido você adivinhar o que Hugh e Nat estão fazendo neste momento.

Mal me quer.

— Está certa. Não tenho ideia. O que estão fazendo?

— Bem, estão muito longe, mas acho... Minha nossa, Nicky, acho que estão ensinando Phillip a nadar.

Nicola se sentou imediatamente e seguiu o olhar da amiga.

— Estão pelados?

— Não. — Foi a resposta decepcionante de Eleanor. — Ainda assim, espero que minha mãe não consiga vê-los da casa. Você sabe que Phil devia estar de castigo por ter colocado aqueles ovos de pato no galinheiro.

Na verdade, Nicola achara a visão de um monte de patinhos indo atrás de uma galinha, que estava extremamente confusa com a situação, secretamente cômica, mas não tinha admitido aquilo diante de suas visitas, de Lorde e Lady Sheridan, que tinham ficado furiosos com o filho caçula.

— Dois anos — murmurou Eleanor, ainda olhando na direção do córrego. — Parece uma eternidade, não é? Acho muito injusto minha mãe fazer você e Nat esperarem esse tempo todo também. Não é como se você fosse filha dela.

Nicola deu de ombros ao voltar o olhar para a margarida. Assim como a travessura de Phil com os ovos de pato, a jovem secretamente gostava da ordem de Lady Sheridan para que eles esperassem até que ela completasse 18 anos para se casar. Como nunca tivera uma mãe, Nicola meio que gostava de ter Lady Sheridan mandando nela. Era como estar de volta a Madame Vieuxvincent... Só que com o bônus de ser beijada, profunda e frequentemente, pelo homem que amava. *Bem me quer.*

Então Eleanor se esticou e pegou uma das toalhas de chá decoradas com um monograma, na qual o almoço de piquenique fora enrolado.

— Ora, Nicky! — exclamou ela. — Tinha esquecido totalmente até agora. Mas olhe que incrível! Suas iniciais não vão mudar. Nicola Sparks. Nicola Sheridan. Não vai nem mesmo precisar mandar fazer novas toalhas.

— Sim — concordou a jovem, com satisfação. — Eu sei. — *Mal me quer.*

— E já pensou que, quando papai morrer, Nat se tornará visconde? — comentou Eleanor. — Então, no fim das contas, Nicky, vai acabar se tornando uma viscondessa de qualquer modo. De verdade. — Ela balançou a cabeça até que os cachos castanhos sacudissem. — É mesmo a menina mais sortuda do mundo!

— Sim, sou mesmo, não sou? — refletiu Nicola.

Ela levantou o olhar ao ouvir Nathaniel vindo em sua direção e a chamando. A mecha de cabelo rebelde que ficava sempre caindo nos olhos do rapaz estava molhada e colada na testa.

— Nicky — chamou ele. — Venha. A água está perfeita!

Bem me quer.

Este livro foi composto na tipologia Sabon
LT Std, em corpo 11/16, e impresso em
papel off-white no Sistema Cameron da
Divisão Gráfica da Distribuidora Record.